KB124021

로크미디어가
유혹하는
재미있는 세상

ROK
MEDIA
로크미디어

예지몽으로 히든랭커 18

2022년 5월 12일 초판 1쇄 인쇄
2022년 5월 17일 초판 1쇄 발행

지은이 이현비
발행인 김정수 강준규

기획 이기헌 왕소현 박경무 강민구
책임편집 백승미
마케팅지원 이원선

발행처 (주)로크미디어
출판등록 2003년 3월 24일
주소 서울시 마포구 성암로 330 DMC첨단산업센터 318호
Tel (02)3273-5135 **편집** 070-7863-8595 **Fax** (02)3273-5134
홈페이지 rokmedia.com **E-mail** rokmedia@empas.com

예지몽으로
히든랭커

이현비 게임 판타지 장편소설 18

CONTENTS

차원 이동

　이미 대충 계획은 세운 상태였지만 온천에 도착한 지 사흘째가 되던 날, 온 클랜은 향후 거취를 결정했다.

　앞으로 일주일 동안 이곳에서 심신의 피로를 말끔하게 씻은 후 조용한 곳에서 보름 정도 집중적인 수련을 하기로 했다.

　점보 던전의 클리어로 받은 통합 보상을 이용해서 단기간에 최대한 실력을 끌어올리기로 한 것이다.

　장소는 이곳 토레토 온천에 있는 비밀 연무장이었다. 근위 전사들이 호위하는 왕족이 전용으로 사용하는 곳이라서 시설이 뛰어난 연무장이 따로 있었다.

　대신 온 클랜은 두 달여에 걸쳐서 상위 던전을 공략하기로 했다. 보름의 집중 훈련으로 익힌 스킬의 레벨을 올리려면 필수적인 과정이다.

물론 던전 클리어에 따른 보상을 정당하게 받을 예정이다.

그 후의 일정은 다소 유동적이기는 하지만 일단 툴람 왕국의 수도에서 정식으로 검술관을 열고 본격적으로 철월검류를 세상에 알리기로 했다.

그런 결정에는 당연히 툴람 왕국이 온 클랜을 위해 마련한 선물이 크게 작용했다. 작위는 사양했지만 수도의 대저택이나 세금 감면 등 다양하면서도 현실적으로 도움이 되는 선물은 받기로 했다.

그렇게 거취가 결정되자 가온은 대원들에게 양해를 구해서 당분간 혼자 움직이기로 했다.

대원들은 늘 그렇듯 가온이 홀로 마법 수련을 하거나 마법스승인 볼코트를 만나러 갈 거라고 예상했다.

이번에 토레토에서 정식으로 부클랜장이 된 미노스를 포함해서 소드마스터가 여섯 명이나 되고 마법사와 정령사 그리고 사제까지 조화를 이룬 전력이기에 가온이 빠진다고 해도 위험할 것은 없었다.

대원들에게 아예 인사를 하고 숙소를 나온 가온은 바로 투명화 스킬을 발동시키고 투하란과의 추억이 가득한 온천으로 향했다.

이미 유칼립투스꽃은 진 상태였다. 하루나 이틀밖에 안 핀다고 하더니 바닥이나 탕 위에는 시들거나 말라 버린 꽃밖에 없었다.

그래도 꽃향기는 남아 있어서 투하란과의 짧지만 강렬한 사랑의 기억을 떠올리게 해 주었다.

오랜 시간을 두고 사귄 것이 아니라 격정적인 사랑이었지만 가슴이 그녀로 가득 차 있는 것 같았다.

사실 대원들과 좀 더 오래 같이 있을 수도 있었지만 투하란과의 관계 때문에 포기했다.

따로 움직인다고 했더니 노골적으로 싫은 티를 내던 세르나와 나디아 그리고 헤븐힐의 모습이 자꾸 양심을 자극했다.

'누군가와 사랑을 한다면 그 세 명 중 하나일 거라고 생각했는데…….'

사랑이라는 감정이 이론대로 되는 것이 아니라는 말은 많이 들었지만 이렇게 될 줄은 몰랐다.

세 명 중 한 명을 고르면 나머지 두 명이 힘들어할까 봐 그동안 제대로 된 얘기도 못 나눠 봤는데.

가온은 세 사람에게 미안했지만 이미 투하란에게 마음을 주었다. 갑자기 찾아온 사랑의 열병에 빠져 버린 것이다.

이런 상태로는 세 사람이 바라는 관계를 시작할 수 없었다.

온천에 앉아서 이런저런 생각을 하면서 1시간 정도를 보내자 어느 정도 마음을 정리할 수 있었다.

'그나저나 이번에 꾼 예지몽은 정말 모호하네.'

너무 긴 시간에 해당하는 예지몽을 꾸어서 그런지 큰 사건 정도만 기억났다. 그것도 키워드에 해당하는 짤막한 기억에 불과했다.

하지만 예지몽이 맞는다면 성장은 물론 살아가는 데 큰 도움이 될 것이다.

'이젠 더 이상 예지몽을 꾸지 못하겠지?'

목걸이의 펜던트였던 르테인석이 완전히 사라졌으니 필시 그럴 것이다.

가온은 그 점이 너무 안타까웠다. 평범, 아니 그 이하였던 자신을, 비록 누구도 모르지만 최고의 랭커로 만들어 준 예지몽이었는데 다시 꿀 수 없다고 생각하니 아쉬울 수밖에 없었다.

'예지몽을 더 이상 꿀 수 없게 된 것이 안타깝지만 이러고 있을 때가 아니야!'

너무 긴 시간에 해당하는 예지몽을 꾸어서 그런지 기억이 거의 나지 않지만, 지구를 포함한 차원 전체에 거대한 위험이 다가오고 있다는 것만은 확실히 기억났다.

'막거나 피해야 해!'

다가온 위험을 제대로 처리하지 못하면 자신은 물론 부모님과 지인들에게는 재앙과 같은 결과로 이어질 것이다.

'그러니 이제부터는 더 적극적으로 움직여야만 해!'

적어도 자신과 가족 그리고 지인들을 지키기 위해서는 어나더 문두스의 무대인 탄 차원은 물론이고 현실에서도 더 강해져야만 했다.

'방법이 있어!'

이전에는 탄 차원의 위험한 던전들을 공략하면서 성장하려고 했지만, 예지몽을 꾼 지금은 생각이 달라졌다.

'차원 이동이 훨씬 더 큰 보상을 준다!'

좀 더 여유가 있었다면 차원 이동에 대한 정보가 충분히 쌓인 후에 움직일 텐데 마음이 급했다.

'확실하게 기억나는 것은 아니지만 예지몽 속에서는 너무 늦게 움직였다고 자책했었어.'

예지몽처럼 나중에 자책하지 않으려면 빨리 차원 이동을 해 봐야만 했다.

가온은 탄 차원은 물론 지구에서도 곧 일어날 격변과 그 격변으로 인해 자신과 가족 그리고 지인들이 큰 위험을 직면하게 될 거라는 생각에 조바심이 들었다.

당장 차원 이동을 감행하기로 한 가온이지만 바라는 것이 있었다.

'적격자로 판정이 된다면 좋겠는데.'

누가 어떤 방식으로 판정하는지는 알 수 없지만 차원 이동을 하는 과정에서 적격자로 판정이 되면 신적인 존재인 조력자와 연결될 수 있다고 했다.

아무도 모르는 어나더 문두스 랭킹 1위의 자리에 오른 것에는 벼리의 존재도 있었지만, 예지몽 속에서 탄 차원에서 보낸 시간과 정보가 있었기에 가능했다.

그만큼 정보는 중요했다. 그리고 아무것도 알려진 바가 없는 새로운 차원에서 조력자는 정보만큼이나 중요했다.

'바로 가자!'

가온은 팔뚝에 새겨진 차원 이동의 징표를 마나를 주입한 후 문지르는 행위로 활성화시켰다.

'은하수?'

차원 이동의 징표를 활성화시키는 순간 의식이 뚝 끊겼다가 다시 정신을 차리는 순간 눈앞에 어딘지 익숙한 광경이 나타났다.

아름다움을 초월해서 신비해 보이는 은하수를 멀리에서 바라보는 것 같기도 하고 바로 코앞에서 지켜보는 것 같기도 한 이상한 감각.

자신의 의지가 아니었음에도 감각이 최고조로 활성화된 상태였는데, 현실감이 전혀 없었다. 마치 꿈을 꾸는 것 같은 몽환적인 감각이다.

그때 목소리가 아닌 일종의 염파가 머릿속으로 전해졌다.

–이름 : 가온
–C–218S414차원 출신으로, 옐로급 차원용병으로 판명됨.
–CWT–548차원 적격자로 판명.

마치 홀로그램처럼 머릿속에 떠오르는 내용은 자신이 대
상인 것 같았다.
분명히 '차원용병'과 '적격자'라는 단어는 들은 적이 있다.
처음 차원 이동을 하고 복귀한 팀에 대한 정보에서 언급된
적이 있었다.
C–218S414차원은 아마 탄 차원 혹은 지구를 말하는 것일
테고, 밑에 언급된 차원은 의뢰를 수행할 목적지를 의미한다
는 것 정도는 짐작할 수 있었다.
다만 이해가 가지 않는 것도 있었다.
'옐로급은 뭐지?'
지난번에 들은 관련 이야기에는 등급과 같은 내용은 없었
다.
그때 다시 머릿속에 떠오르는 홀로그램이 있었다.

–카이급 의뢰인 '마기에 침식되어 죽어 가고 있는 CWT–548차원을
살려라'를 수행하시겠습니까? 최소 대가는 1천만 명예 포인트이며 의뢰

완수에 따른 성과 등급의 범위는 500%까지입니다.

　차원용병이라고 했으니 어떤 의뢰를 받고 수행하며 보상을 받는다는 기본적인 것은 짐작하겠는데 'CWT-548차원을 살려라'라는 의뢰의 의미를 잘 모르겠다.

　그래도 성과 등급의 의미는 알 것 같았다. 의뢰 수행의 정도에 따라서 얻을 수 있는 포인트가 달라진다는 의미일 것이다.

　'대가가 최소 1천만 포인트에 성과를 고려하면 최대 5천만 포인트까지 받을 수 있다는 말이군.'

　자신이 할 수 있는 의뢰일까?

　'차원을 살리라는 거대한 의뢰이니 나 혼자 하는 것은 아닐 테지.'

　의식은 있지만 몸이 제대로 움직여지지 않는 이런 이상한 상태에서 벗어나고 싶었던 가온은 하겠다는 의지를 품었다.

　-의뢰를 수락하셨습니다.

　-추가로 성과를 확대하고자 한다면 의뢰 해결에 있어서 해당 차원에서는 존재하지 않는 능력인 정령을 소환하는 능력과 매직 아이템 사용을 최소한으로 하십시오.

　-양 차원의 시간 비율은 1 : 100입니다.

　-단, 적격자이나 조력은 필요 없기에 조언자는 배당하지 않습니다.

성과를 확대할 수 있는 두 가지 제안은 이해할 수 있다. 자신이 의뢰를 해결해야 할 이 차원은 정령이 없는 세상이며 매직 아이템도 없다는 의미이니 가능하면 사용하지 말라는 뜻이리라.

하지만 마지막 사항은 이해가 안 간다. 적격자인데 조력이 필요 없다고? 그럼 신적인 존재의 도움을 받지 못한다는 의미일까?

그런 생각을 할 때 또다시 의식이 꺼져 버렸다.

🦇

가온은 덥다는 생각을 하는 순간 정신을 차렸다.

동쪽에서 작열하는 태양이 가장 먼저 눈에 들어온다. 벌떡 일어난 가온이 주위를 돌아보았다.

"사막?"

눈앞에는 나무는 물론 풀 한 포기 보이지 않는 굉장히 황량한 땅이 끝없이 펼쳐져 있었다. 모래사막이 아니라 황무지 사막처럼 보였다.

황량한 주위 환경에 잠시 멍한 상태로 서 있던 가온이 조금 후 정신을 차렸다.

"그러니까 이곳이 CWT-548차원이란 말이지. 이곳을 살리는 것이 의뢰고."

육성으로 내뱉으니 자신이 지금 차원용병으로 이 세상으로 이동했다는 사실을 명확하게 인식할 수 있었다.

'벼리야, 너도 의뢰 내용을 봤지?'

-네, 오빠. 그 내용대로라면 이곳이 '마기에 침식되어 죽어 가는' 차원이 맞아요.

'살리라는 말의 의미는 뭘까?'

-마기는 알 수 없지만 말 그대로 생명력을 가진 세상으로 만들라는 것 같아요.

'이 세상을?'

말이 안 된다. 지평선이 보이는 것으로 보아 자신을 기준으로 사방으로 최소한 수백 킬로미터는 될 것 같은 광대한 땅이다.

게다가 이게 끝일 리는 없었다.

만약 이 세상이 지구와 비슷한 크기의 행성이라면, 그리고 지금 마기인지 뭔지 하는 기운으로 침식되어 죽어 가는 상황이라면 혼자 뭘 어떻게 할 수 있는 걸까?

-그래도 홀로그램의 내용을 생각하면 오빠 능력만으로 가능하다고 판단한 것 같아요.

'나 혼자 가능한 일이라고?'

누가 어떻게 자신을 판단했는지는 알 수 없지만, 말이 안 된다.

-일단 이곳이 어떤 곳인지부터 파악하는 것이 우선이에요.

맞다. 일단 그것이 선결되어야만 한다.

'그런데 온도가 꽤 높은 것 같네.'

가온이야 외피부라고 할 수 있으며 알아서 온도와 습도를 조절하는 파르 덕분에 온도 변화에 둔감한데도 의식을 막 차렸을 때는 덥다고 느꼈다.

물론 그렇게 느낀 순간 파르가 제대로 기능해서 더 이상 덥다고 느끼지 않지만 말이다.

－현재 기온은 섭씨 기준 48.3도예요.

그 정도면 확실히 더운 날씨다.

그러고 보니 발에 닿는 땅이 무척 푸석거리는 느낌이다. 모래는 아닌데 손가락 끝으로 만져 보니 수분이라고 전혀 느껴지지 않았다.

'설마 이 행성 전체가 이렇게 고온 건조 하지는 않겠지?'

모든 곳이 이렇게 고온 건조한 환경이라면 식물은 제대로 자랄 수가 없다. 그리고 식물들에 기대어 살아가는 동물들도 제대로 삶을 유지할 수 없는 것은 당연했다.

만약 마수나 몬스터를 사냥하는 것이 아니라 기후 자체가 문제가 된다면, 그것도 행성 단위에 문제가 있다면 절대로 자신 혼자 해결할 수 없었다.

가온은 벼리의 조언대로 일단 이곳을 살펴보기로 마음먹고 투명날개를 장착했다.

'미친!'

하늘에서 본 이 세상은 붉은 대지가 끝없이 이어지는 거대한 황무지였다.

나침반을 기준으로 북쪽으로 2시간을 날았고 그다음에는 서쪽으로 2시간을 날았는데 숲은 보이지 않았다. 숲뿐만이 아니라 초지조차 보이지 않았다.

하지만 인간과 문명의 흔적은 확실히 확인할 수 있었다. 크고 작은 도시나 마을 들이 있기는 했다.

모두 단층 건물이라는 것이 특징이라면 특징이었지만 이상하게도 그 어떤 도시나 마을에도 사람은 보이지 않았다. 개와 같은 애완동물 역시 마찬가지로 볼 수 없었다.

'대체 이곳의 인류는 다 어디로 간 거지?'

이상한 점은 또 있었다. 건물들이 하나같이 벽돌이나 진흙 재질이었다. 마치 지구의 중동 지역에서 고대 문명이 남긴 유적지처럼 말이다.

'설마 나무가 없는 곳은 아니겠지?'

그 정도로 나무는 물론 식물이 전혀 보이지 않았다.

그동안 성장한 결과로 투명날개를 장착했을 때 비행 속도가 시간당 최대 200킬로미터 이상이라는 점과 고공에서 멀리까지 관찰할 수 있다는 점을 고려하면 황량한 지역의 넓이는 엄청났다.

그렇게 해가 중천에 도달했을 무렵에야 겨우 도착한 대륙의 서쪽 끝에는 바다가 있었지만 비행하는 동안 인적은 물론 동식물을 전혀 보지 못했다.

가온은 바닷가의 한 절벽에 내려앉았다. 반나절 가까이 쉼 없이 비행을 하다가 지상으로 내려오니 급격한 피로감이 느껴졌다.

'벼리야, 어때?'

자신이야 육안 정찰이 전부였지만 벼리는 자신이 주장하는 대로 초인공지능답게 이 세계를 보다 과학적으로 조사했을 것이다.

─일단 이 행성의 크기는 지구 대비 대략 1.3배 정도예요. 다만 태양과의 거리가 그만큼 멀어서 조건은 지구와 비슷해요. 달도 지구의 그것에 비해 다소 크지만 하나가 있고요. 현재 위도는 지구를 기준으로 하면 북위 22.4도에 해당하고요.

그럼 기본적인 조건은 지구와 비슷했다.

'위도가 낮아서 더운 건가?'

북위 22.4도라면 지구로 치면 태국과 같은 동남아에 해당한다. 주위에 산지도 없으니 해발고도가 낮아서 기온이 높을 수도 있었다.

─오빠, 그런데 아주 놀라운 사실이 있어요!

의념에도 벼리가 크게 놀라고 있다는 사실이 전해졌다.

'뭔데?'

─대기 중 마나의 농도가 탄 차원에 비해서 대략 3배 정도 높아요! 마나의 성질이 미세하게 다르긴 하지만요.

'나쁜 환경은 아니네.'

가온은 이런 곳이라면 연공의 효율이 크게 높아질 거라는 생각 정도로만 벼리가 전해 준 정보를 받아들이고 다른 문제에 더 관심을 가졌다.

'그런데 왜 이렇게 된 거지? 다른 동물들이야 그렇다 치더라도 사람들은 대체 다 어디로 간 걸까?'

꽤 많은 도시와 마을을 거쳤지만 사람은 물론 동물의 뼈조차 발견하지 못했다.

─그건 지상으로 돌아다니면서 조사해 봐야 할 것 같아요. 아무래도 마기에 침식되었다는 내용이 좀 걸려요.

그렇다면 마기에 침식되어 땅이 이렇게 변해 버린 것일까?

마기로 인해서 살 수가 없는 땅이 되어 어디론가 대규모로 이주한 것일까?

'그런데 마기가 흑마력을 의미하는 건 아니겠지?'

─당연히 아니죠.

'그래 아닐 거야.'

자신도 흑마력을 보유하고 있었기에 모를 수가 없었다.

'그럼 마기라는 것이 마수와 몬스터가 가진 마나일까?'

가온은 마기라는 것이 파워드레인 스킬로 흡수해서 순화를 시키기 전에 사체가 방출하는 마나가 아닐까 생각했다.

ㅡ저도 그렇게 추측은 하는데 마수나 몬스터가 전혀 보이지 않는 것으로 보아 그렇지 않을 수도 있어요.

벼리의 말이 맞다. 마기가 마수와 몬스터 고유의 에너지를 의미하고 마기에 침식되고 있다는 내용을 생각하면 당연히 비행을 하면서 마수나 몬스터들을 봤어야만 했다.

그가 비행한 방향과 거리를 생각하면 대략 한반도의 열 배 가까운 크기인데 마수나 몬스터는커녕 동물이나 식물도 전혀 보지 못했으니 뭔가 맞질 않았다.

'설마 행성 전체가 이런 꼴은 아니겠지?'

아무래도 벼리의 말대로 지상으로 이동하면서 좀 더 자세하게 이곳을 조사해야 할 것 같았다.

막 절벽 지대를 벗어나 후 해안을 따라 북쪽으로 걸음을 옮기려던 가온은 문득 이상한 점 하나를 떠올렸다.

자신이 비행하면서 살펴본 지역에 한정되기는 하지만 풀이 전혀 없는 황량한 땅이 계속 펼쳐져 있으니 모래사막이 아닐 뿐 사막이 맞았다.

그런데 분명히 꽤 큰 강도 봤고 크고 작은 호수도 보았다.

'이런 사막과 같은 곳에 호수나 강이 존재한다는 게 말이 되는 건가?'

아무리 기온이 높다고 해도 물이 있는데 풀이 없다니 이건 확실히 이상했다. 원래 이런 곳이 아니라면 말이다.

'좀 힘들더라도 일단 한 방향으로 쭉 날아가면서 식물이 존재하는지부터 확인해야 해.'

그런데 그때 이곳에 도착할 무렵부터 바다 쪽에서부터 급속하게 모여들었던 구름의 색깔이 짙어지면서 비가 떨어지기 시작했다.

'비까지 온다고?'

물론 사막이라고 해서 비가 아예 안 오는 것은 아니지만 그게 하필이면 자신이 이 세상에 건너왔을 때 내린다는 것은 왠지 작위적이다.

차라리 비가 주기적으로 오는 지역이라고 보는 것이 맞았다.

가온은 순식간에 물을 머금어서 짙은 색으로 물드는 흙을 멍하니 쳐다보았다.

'비가 꽤 오겠는걸.'

후두두둑.

떨어지는 빗소리가 꽤 큰 것이 잠깐 오고 말 비는 아닌 것 같았다.

가온은 안전텐트를 꺼내 바로 설치했다.

그리고 뒤늦은 점심 식사를 준비했다. 물론 제대로 된 요리는 아니고 빵과 과일주스에 불과해서 금방 준비할 수 있었다.

'의외로 운치가 있네.'

물기가 거의 없기 때문에 밟는 것만으로도 흙먼지가 일어날 정도로 메마른 대지는 빗방울에도 흙먼지를 피워 올리고 있었다.

그런데 땅의 상태가 좀 이상했다.

원래 가온이 생각한 건 빗물이 흙에 미처 흡수되지 못해서 흙탕물이 생기고 더 비가 오면 낮은 곳으로 흘러가면서 개울이나 강이 되는 것이었다.

그런데 지금은 그냥 빗물에 젖은 땅밖에 보이지 않았다.

'내리는 족족 땅으로 스며들고 있어.'

그만큼 흙이 메말라 있다고도 볼 수 있고 물 빠짐이 좋다고 말할 수도 있지만, 비가 가시거리가 확 줄어들 정도로 거세게 내린다는 점을 생각하면 이해가 잘 가지 않는 현상이다.

'벼리야, 왜 이렇게 물 빠짐이 좋은 거야?'

좋은 정도가 아니다. 내리는 족족 땅으로 스며들고 있어 이대로 비가 그치면 흙의 색깔이 짙어진 것 말고는 비가 내렸다는 흔적은 남지 않을 것 같았다.

─이 주위의 토양은 대부분 사질토로 지상 기준으로 30미터까지 공극이 아주 커요.

사질토라면 모래 입자가 많은 흙을 말한다.

'내 눈에는 모래사막으로 보이지 않는데…….'

－맞아요. 사실 토양이기는 하지만 입자의 크기가 작아서 모래라고 할 정도는 아니에요. 하지만 유기물을 거의 함유하고 있지 않아서 입자 사이의 공극이 큰 거예요.

　'공극이 크고 많다면 그만큼 보습력이 좋아야 하는 거 아니야?'

　토양 입자 사이의 공극에는 공기는 물론 물이 머물 수 있었다.

　－지하 30미터 깊이에 작은 수로들이 잘 발달해 있어서 토양이 물을 함유하고 있지 않고 그대로 흘러내리는 거죠.

　'그런데 대체 왜 흙에 유기물이 없는 걸까?'

　－그거야 알 수 없어요. 다만 원래 이런 상태가 아니라면 분명히 유기물을 먹어 치우는 뭔가가 있을 거예요.

　유기질은 유기화합물을 말하는 것으로 토양을 기준으로 하면 세균(박테리아), 미생물, 식물체의 부스러기, 그리고 동물의 배설물 등을 말한다.

　'그럼 지렁이와 같은 생물이 있는지 살펴봐 줘.'

　－표토는 물론 그 아래쪽에도 전혀 없어요. 대신 좀 멀리 떨어진 곳에 분변토로 추정되는 더미들이 있는 것으로 보아 지렁이와 비슷한 동물들이 서식하는 것은 확실해요. 근방에는 없지만요.

　분변토가 있다면 지렁이 종류가 서식하는 것은 확실하다. 보통 지렁이가 먹고 분변토를 배설하는데, 분변토에는 식물

생장에 도움을 주는 질소, 인, 칼륨, 아민산, 유기질 등이 함유되어 있다.

'황무지 사막은 아니라는 거군.'

카오스를 불러내 근방을 돌아보게 했는데 지렁이는 물론 다른 생물들을 발견하지 못했다. 최소한 이 근방에는 생물체의 흔적을 발견할 수 없었다.

그래도 분변토가 곳곳에 있는 것을 보면 최소한 지렁이 종류는 서식하고 있으니 범위를 넓혀서 좀 더 조사를 해 봐야 할 것 같다.

그렇게 마음을 먹는 사이에 비가 그치고 다시 햇빛이 비쳤다.

'뭐야?'

비가 그친 지 얼마 되지 않아서 지표면의 수분은 흔적도 없이 사라졌다. 모두 작렬하는 햇빛에 증발한 것도 아닌데 어느새 토양에 전부 흡수된 것이다.

물기가 전혀 없는 안전텐트를 챙긴 가온은 좀 더 고생을 하더라도 일단 이 세상에 생명체가 존재하는지부터 확인해 보기로 마음먹고 투명날개를 다시 장착했다.

가온은 해안을 따라 북쪽을 향해 날았다. 지구와 비슷한 행성이라면 남북으로 갈수록 기온이 낮아질 거라고 생각했다.

하지만 가온의 기대와 달리 그런 곳은 쉽게 눈에 들어오지 않았다.

'정말로 이 행성 전체가 황무지로 변한 건 아니겠지?'

아니다. 그랬다면 의뢰가 유지되지 않았을 것이다. 그러니 열심히 찾다 보면 인간을 발견할 수 있을 것이다.

조금 편해진 마음으로 해안을 따라 4시간 정도를 날아가니 해가 지기 시작했다.

'내려가서 적당한 곳에서 밤을 보내야 할 것 같네.'

그렇게 생각하고 적당한 곳을 찾던 가온의 눈에 처음으로 산이라고 부를 만한 지형이 들어왔다.

가온이 익히 알고 있는 나무가 자라는 산이 아니라 다양한 암석들로 이루어진 돌산이었다.

그런데 그 산의 서북쪽 계곡 중간 부분에 푸르게 보이는 곳이 있었다.

'생명이다!'

가온은 기대감을 품고 그곳으로 빠르게 날아갔다.

맞다! 산에서 내려오는 맑은 물이 흐르는 그곳에 그처럼 찾던 풀과 몇 종류의 나무가 있었다.

그것만이 아니었다. 그렇게 찾던 살아 있는 인간의 흔적이 그곳에 있었다. 돌로 쌓은 담으로 둘러싸인 마을이 보인 것이다.

'역시 있었네.'

도대체 누가 차원 이동을 가능하게 하고 의뢰를 주는지는 알 수 없지만, 사람이 살아가는 곳이니 의뢰를 했을 것이다.

가온은 마침내 인간의 흔적을 발견하고 반가웠지만 곧바로 내려가기 전에 주위를 정밀하게 살펴보았다.

'돌로 쌓은 허접한 집이지만 서른 채 정도인 것을 보면 사람은 많지 않을 거야.'

조금 더 고도를 낮추자 저녁이라도 준비를 하려는지 석책 안의 마을에는 사람들이 꽤 보였다. 아이들도 있는 것으로 보아 정상적인 마을로 보였다.

이번에는 계곡 양쪽의 푸른 지역을 살펴보았다.

'밭이군.'

개울가에는 옥수수로 짐작되는 키 큰 식물과 감자로 짐작되는 식물이 줄지어 자라고 있었다.

하지만 밭은 크기는 생각보다 작았다. 기껏해야 1천 평 정도밖에 안 될 것 같았다.

'저 정도의 밭으로 30가구가 살 수 있나?'

바로 벼리에게 물어보니 지구의 경우 옥수수는 1천 평에 대략 12톤 정도 수확되며 감자의 경우에는 평당 6킬로그램 정도라고 했다. 물론 비료를 사용하는 경우의 수확일 테니 이곳에서는 수확량이 더 낮을 것이다.

그것으로는 적게 잡아도 100명은 넘을 사람들이 겨우 입에 풀칠을 하는 수준이 아닐까 싶었다.

'식량이라도 좀 기부하고 이 세상에 대한 정보를 얻어야

겠네.'

원래 이랬는지 아니면 무슨 사정에 의해 세상에 변한 것인지 확인해야만 했다. 거기에 마기에 오염된다는 내용에 대해서도 명확하게 파악해야 했다.

가온은 마을을 감싼 석벽의 아래쪽에 망루가 있었던 것을 확인하고 계곡 아래쪽으로 내려갔다. 바로 마을 안에 착륙했다가는 난리가 날 것이 분명했다.

뤼나윔

"누구냐?"

마을과 가까워지자 예상했던 반응이 나왔다. 앳된 남자 목소리였다.

역시 시스템이 작용하는지 생경한 언어임에도 불구하고 의사소통이 가능했다.

"여행자요."

가온은 공격할 의사가 없다는 것을 알리려고 일부러 두 손을 번쩍 들었다.

예상했던 것과 달리 상대의 반응은 없었다. 앳된 목소리였던 것을 보면 자신이 감당할 수 없는 상황에 누군가에게 알리려고 뛰어갔을 것이다.

얼마를 기다리자 석책 위에 한 얼굴이 나타났다. 까맣게 탄 얼굴의 황인종 노인이었다.

"이런 시국에 여행자라니 대체 뭐 하는 사람이오?"

그렇게 묻는 노인의 눈이 아주 매서웠다.

"온이라고 하오. 오랫동안 사람이 없는 곳에서 지내다가 밖으로 나왔더니 세상에 변했더군요. 이유라도 알고 싶어서 세상을 떠돌고 있소."

"흐음. 나이가 별로 안 들어 보이는데, 혹시 마법사나 검기를 사용할 수 있는 전사요?"

원래 어떤 단어였을지는 모르겠지만 마법사나 전사로 되는 것을 보면 정령사나 매직 아이템이 없을 뿐 이 세상도 탄차원과 그리 다르지 않은 모양이다.

가온은 오랫동안 사람이 없는 곳에서 지냈다는 말을 이상하게 여기지 않는 것으로 보아 한 가지 사실을 짐작할 수 있었다.

'이곳의 변화는 오래전부터 일어난 것이 아니었어.'

최근은 아닐지라도 수십 년 정도의 시간은 아닌 것만은 확실했다.

그 짐작을 확인하기 전에 확실히 해 둘 것이 있었다.

가온은 허리에 차고 있단 단검을 뽑아서 검기를 발현시켰다.

"오오! 골드급 전사시라니! 오랫동안 인적이 없는 곳에서 폐관 수련이라도 한 모양이군요. 들어오십시오."

마치 잃어버린 손자를 반기듯 환한 얼굴이 된 노인의 얼굴이 쑥 내려가나 싶더니 잠시 후 석책 한쪽에 매단 나무판자가 사라지고 그 노인이 다시 나타났다.

폐관 수련이나 검기를 알아보는 것으로 보아서는 이 세계 역시 마나를 사용하는 검사라는 존재가 있는 것이 틀림없었다.

"이곳 올센 마을의 촌장인 하바랑이라고 합니다."

하바랑은 적을 앞둔 고슴도치처럼 가시를 세우던 처음의 모습이 아니라 영주를 대하는 영지민처럼 자신을 소개했다.

"여기가 올센 마을이군. 방향을 잃어서 한쪽으로 꽤 오래 걸었는데 사람이 사는 곳이 이곳이 처음이오."

"그럴 겁니다. 이제 산지가 아닌 평지 대부분에는 더 이상 사람이 살 수가 없습니다."

차원용병 신분으로 인정이 되어서 그런지 시스템에 의해서 자동으로 번역되어 나오는 말투가 하오체였지만 상대방은 전혀 이상하게 여기지 않았다.

"대체 무슨 일이 있었던 거요?"

마음이 급했다. 의뢰도 의뢰지만 이곳 상황이 너무 궁금했다.

"시장하실 텐데 일단 식사부터 하면서 말씀드리겠습니다."

가온은 자신이 마음만 급했음을 인정하고 하바랑의 뒤를 따라갔다.

　　그사이에 그의 방문 사실이 알려졌는지 마을에는 사람들이 가득했다.

　　가옥의 크기나 숫자와 어울리지 않게 족히 300명은 될 것 같았는데, 특이하게 아이들이 그리 많지 않았다. 대략 2할 정도에 불과했다.

　　사람들은 질 좋은 가죽으로 만든 방어구 세트를 갖추어 입은 가온의 모습을 보며 속닥거렸는데 '검기'라거나 '전사'라는 단어가 가장 많이 들렸다.

　　'기사가 아니라 전사라고 부르는 계급이 존재하는 곳이군. 그런데 수가 적은 모양이고.'

　　사람들이 자신에게 눈을 고정한 채 따라올 정도로 강한 호기심을 보이는 것으로 보아 전사는 희귀한 존재임이 틀림없었다.

　　올센 마을 사람들은 탄 차원 사람들과 달리 황인과 백인이 뒤섞여 있었는데 다들 바싹 마른 몸인 것으로 봐서는 식량 문제가 심각해 보였다.

　　"이곳이 마을의 일을 처리하는 곳입니다."

　　하바랑 노인이 안내한 곳은 일종의 공회당으로 보였는데 다른 건물에 비해서 크기는 몇 배 더 컸지만 다듬지 않은 돌기둥만 있을 뿐 지붕이나 벽 그리고 문이 따로 없었다.

"잠깐 앉아 계시면 식사를 준비해 오겠습니다."

하바랑이 그렇게 말하며 몸을 돌리려고 했다.

"잠깐만."

가온이 그를 붙잡았다.

"식량 사정은 어떻소?"

"그, 그게……."

촌장은 제대로 대답을 하지 못했다. 예상한 대로 말이라도 넉넉하다고는 할 수 없는 상황인 모양이다.

"다행히 내게 식량이 좀 남아 있소. 오랜만에 사람을 만난 기념으로 마을 사람들과 함께 먹고 싶소."

"식량을 말입니까?"

하바랑의 눈이 튀어나올 것처럼 커지더니 의아한 얼굴로 가온의 몸을 훑었다. 식량을 보관하고 있을 물건이 전혀 보이지 않았기 때문이다.

"마법 주머니가 있소."

"아!"

마법 주머니라는 말에 하바랑의 태도가 또다시 달려졌다.

매직 아이템이 없다고 생각했는데 마법 주머니라는 말을 자연스럽게 받아들이는 것으로 봐서는 아예 없는 건 아닌 모양이다.

가온은 더 이상 얘기하지 않고 품속에서 아공간 주머니를 꺼냈다. 그리고 내용물을 하나씩 꺼내기 시작했다.

"도축을 하지 않았는데 괜찮겠소?"

꺼내는 것은 언제 넣었는지도 모를 사슴과 물소의 사체들이었다.

"다, 당연합니다! 나이를 먹은 자들은 도축 정도는 다들 할 줄 압니다!"

하바랑은 이제 막 사냥을 한 것처럼 싱싱한 상태를 유지하고 있는 사슴과 물소 사체를 보고 자신도 모르게 입맛을 다시면서 큰 소리로 대답했다.

"이 정도면 한 사람 앞에 한 덩어리씩은 돌아가겠소?"

커다란 사슴 네 마리와 새끼 물소 세 마리라면 가능하지 않을까 싶었다.

"충분합니다! 이봐들, 당장 이것들을 가지고 가서 도축부터 해! 오늘 저녁에는 다들 고기를 먹는 거야!"

하바랑 노인의 말에 눈이 휘둥그레진 장년 사내들이 앞으로 나오더니 힘을 합쳐서 사슴과 물소 사체들을 들고 갔다.

이제까지 이방인인 가온에게 호기심과 불안감 섞인 눈길을 주고 있던 사람들이 그들을 따라 마을 한쪽으로 몰려갔다. 그들에게는 고기가 더욱 중요했기 때문이다.

"귀하신 분인 줄 모르고 실수를 할 뻔했습니다."

마법 주머니 때문인지 고기 때문인지는 모르겠지만 하바랑 노인은 이제 제대로 얼굴을 마주 보지도 못하고 있었다.

"음식 준비를 하려면 시간이 좀 걸릴 것 같으니 짧게 세상이 변한 얘기를 들어 볼 수 있겠소?"

"그럼요. 말씀드리겠습니다!"

하바랑 노인이 고개를 격렬하게 끄덕였다.

"그린웜이 뤼나웜으로 마수화된 것이 이 모든 불행의 시작이었습니다."

"그린웜?"

지구의 지렁이와 생김새는 비슷하지만 크기는 두세 배 정도 되는 그린웜은 탄 차원에도 서식하는 거대 지렁이다. 주로 초원에서 자주 발견이 되는데 흙 속의 유기물을 먹고 분변토를 싸서 토양을 비옥하게 만드는 생물이었다.

"원래 그린웜은 척박한 땅을 비옥하게 만들어 주는 역할을 했습니다만 환경을 많이 따지기 때문에 일부 지역에만 서식했지요. 그런데 뤼나웜으로 마수화가 진행되고 나서는 세상 전역으로 서식지가 넓어졌고 결국 세상이 이렇게 황폐화되었습니다."

"어떻게 마수화가 되었고 어떤 식으로 변했소?"

"어떻게 마수화가 진행되었는지는 아무도 모릅니다. 다만 마법사님들이 말하길 던전 주위에서 서식하던 그린웜이 던전에서 흘러나온 마기에 침식되어 마수로 변했을 거라고 했습니다."

이곳에도 던전이 있었다.

'이곳 또한 차원 융합이 일어나고 있었구나.'

던전은 차원 융합의 증거다.

대체 어떤 존재가 차원 융합을 시도하는 것일까?

차원 융합의 궁극적인 목적은 대체 무엇일까?

근원적인 의문이 들었지만 이건 벼리를 포함한 그 누구도 명쾌하게 설명하지 못하는 문제였고 지금 신경을 쓸 겨를은 없다.

"던전이 마기를 방출하는 것이오?"

하바랑 노인이 말하는 마기는 가온이 알고 있는 마나와 같은 의미일까?

"네. 던전 중에서 일부는 마기를 방출한다고 들었습니다. 그래서 해당 던전의 게이트 주변 수목은 물론 생물들을 마수화시킨다고 합니다."

최소한 하바랑 노인은 이 세상에 존재하는 마나와 던전에서 방출되는 마기를 구별하고 있었다. 그렇다면 마나와 마기는 분명 다르다.

"인간 중에서도 마기의 영향으로 마인이 되는 경우도 있다고 들었습니다. 그래서 그런 던전은 해당 국가는 물론 인접 국가에서 전사와 마법사를 총동원해서 처리를 하는데 놓친 것이 있었던 게 아닐까 싶습니다."

마인이라니 새로운 개념이다. 바로 흥미가 동했으나 지금은 그게 문제가 아니다.

"그렇군. 그런데 마수화된 그린웜이 무슨 짓을 했기에 세상이 이렇게 변한 거요?"

"뤼나웜은 기껏해야 손바닥 길이였던 그린웜과는 달리 사람 팔에 해당할 정도로 커졌습니다. 그리고 주둥이에는 이빨이 두 겹으로 났으며 단단한 나무는 물론 뼈조차도 한 번에 부술 정도로 이빨이 날카롭고 강력합니다. 놈들은 그 이빨로 뭐든 가리지 않고 먹어 치울 수 있게 되었습니다."

삼키는 행위만 가능한 그린웜과 달리 마수화가 된 뤼나웜이라는 존재는 굉장히 강력한 무기를 손에 넣은 것이다.

"마수나 몬스터도 말이오?"

"네. 제가 직접 봤는데 멧돼지와 늑대도 포위되고 얼마 후 털은 물론 뼈조차 남기지 않고 잡아먹혔습니다. 사람이나 동물을 공격할 때는 순식간에 모여든 수천에서 수만 마리가 합류합니다. 그리고 놈들이 못 먹는 것은 단단한 암석이나 철과 같은 금속밖에 없습니다. 작은 돌멩이도 씹어서 가루로 만들 정도로 식욕이 왕성한 놈들이거든요. 그래서 놈들이 지나간 자리에는 분변토를 제외하고는 아무런 영양분도 남지 않은 흙밖에 없습니다."

"혹시 놈들의 급소에 대해서 들어 본 적이 있소?"

동시에 수백, 수천 마리가 공격한다면 어지간한 실력으로는 막아 내지 못할 것이다.

"재생 능력이 있기는 하지만 날붙이로 난도질을 하면 죽일 수 있습니다. 불에도 약하고요. 하지만 놈들은 엄청난 숫자를 이루어 군집 생활을 하기 때문에 처리하기가 아주 어렵습니다. 땅속에 서식하며 지하로 이동한다는 점도 처리하는 데 있어 난점이고요."

"이동 속도는 어떻소?"

"놈들이 대량으로 서식하는 곳의 땅은 흙가루만 남기 때문에 사람이 걷는 속도와 비슷할 정도로 움직입니다. 다만 놈들이 처음 만나는 땅의 경우에는 어린아이가 걷는 속도로 움직입니다."

흙의 밀도라든지 그 속에 함유된 돌과 같은 물질들이 이동을 방해하는 것이라는 얘기다.

그 정도라면 일반인도 주의만 하면 얼마든지 놈들을 뿌리칠 수 있었다.

"그런데 늑대나 멧돼지가 사냥을 당한다고요?"

"뤼나웜은 진동에 아주 민감해서 살아 있는 생물이 움직이면 바로 감지를 하고 순식간에 수만 마리까지 모여드는데, 미리 도망치지 않으면 잡아먹힐 수밖에 없습니다."

하비랑 노인의 설명을 들은 가온은 지구의 피라냐를 떠올렸다. 물소도 순식간에 잡아먹을 정도로 공격성이 강한 육식성 물고기 말이다.

"혹시 뤼나웜이 지상으로 나와서도 활동할 수 있소?"

"마수화된 결과로 피부가 조금 더 단단해지기는 했지만,

햇볕에 노출되면 금세 말라붙기 때문에 한낮에는 지상에서는 짧은 시간밖에 활동하지 못합니다."

"그럼 밤에는 움직일 수 있다는 말이군요."

"그렇습니다. 이슬이 내리는 새벽에는 지상에서도 꽤 오래 활동합니다. 특히 비가 오는 날에는 종일 지상으로 올라와서 활동하고요."

"그럼 이곳은 안전한 것이오?"

"중간에 암반 지대가 있어 안전하긴 하지만 완벽하게는 아닙니다. 비가 내리는 날이나 그 후 새벽에 지상을 통해 이곳까지 올 가능성도 있습니다. 그래서 사람들이 돌아가면서 놈들의 접근을 감시하고 있습니다."

그런 경우 많은 숫자가 아니라서 충분히 처리를 할 수 있는 모양이다.

하비랑이 거기까지 얘기를 했을 때 식사 준비가 다 되었다.

가온은 하바랑 노인을 비롯한 올센 마을의 지도자들과 함께 저녁을 먹으면서 이런저런 정보를 들을 수 있었다.

다행하게도 이 세상은 멸망 직전까지 몰린 것은 아니었다. 위도가 높아서 평균 기온이 낮은 지역의 경우 아직 뤼나웜이 진출하지 못하고 있었고 돌이나 암반이 많은 산악 지역도 아직은 안전한 편이었다.

"하지만 놈들이 다른 지역이나 산악 지대로 진출하는 건 시간문제입니다. 처음에는 햇볕을 받으면 서른을 세기도 전에 죽었던 것이, 지금은 그 다섯 배의 시간을 견딜 정도로 바뀌었거든요. 게다가 놈들의 숫자는 한 달에 몇 배씩 늘어나고 있습니다. 먹이가 부족해서라도 새로운 환경에 적응하는 놈들이 나오게 될 겁니다."

자신을 치료사라고 소개했던 러이셀이라는 사람의 말이었다.

'진화 속도가 엄청나게 빠르다는 얘기이니 최대한 빨리 처리하는 수밖에 없네. 그런데 내가 그 많은 뤼나웜을 어떻게 처리하지?'

자신이 직접 확인한 땅만 해도 엄청나니 뤼나웜의 숫자는 천문학적인 수준일 것이다.

이건 애초부터 자신 혼자로는 쉽게 완수할 수 없는 의뢰였다. 이 세계에 존재하지 않는 정령들을 모두 소환하고 매직 아이템들을 사용한다고 해도 꽤 오랜 시간이 걸릴 것이다.

'그나마 이 마을 정도는 도울 수 있겠네.'

이런저런 사정으로 더 위쪽으로 피난을 가지 못한 이 마을 사람들은 부족한 것이 한둘이 아니었다. 거의 모든 생필품이 부족한 상황이었다.

그래도 아공간에 저장해 둔 것들이 워낙 많아서 채 300명도 안 되는 이 마을 사람들이 당분간 버틸 수 있는 식량과 생필품은 줄 수 있었다.

가온은 그런 생각을 하면서 마을 외곽을 걸어갔다.

마을 사람들에 따르면 모든 것을 먹어 치운 뤼나웜은 지금 산 아래쪽 기슭에 모여서 조금씩 산을 타오르고 있다고 했다. 즉, 황무지와 산의 경계 부분에 몰려 있다는 것이다.

'뤼나웜이 어떤 마수인지 확인하고 뭐가 얼마나 통하는지 일단 시험을 해 보자.'

저녁을 먹고 얼마 지나지 않았는데 벌써 마을 밖은 어둠에 잠겨 있었다.

"전사님, 주신 고기는 잘 먹었습니다."

마을 입구를 지키고 있던 중년인이 가온의 얼굴을 알아보고 감사 인사를 해 왔다.

"잘 드셨다니 다행이오."

"고기는 석 달 만에 처음 먹습니다. 계곡물에 살던 물고기들까지 다 잡아먹었거든요."

"저도 오랜만에 포식을 했습니다. 전사들도 모두 떠나서 다들 걱정이 많았는데 전사님께서 들러 주셔서 정말 든든합니다."

이번엔 중년인 옆에 있던 다른 중년인이 말했다.

아무래도 이들은 뭔가 오해를 하는 것 같았지만 굳이 구구절절하게 설명할 필요는 없었다.

"잠깐 밖을 좀 돌아보고 싶은데 괜찮겠소?"

"위험하긴 한데 골드급 전사이시니 문을 열어 드리겠습니다."

이곳의 전사도 등급이 나누어져 있었다. 육체를 단련하고 무기술을 배웠지만 마나를 사용하지 못하는 전사는 브론즈급이고, 마나를 사용해서 육체 능력을 높일 수 있는 전사는 아이언급, 마나를 무기에 주입할 수 있는 전사는 실버급, 마나를 유형화시켜 무기 밖으로 배출할 수 이는 전사는 골드급, 마지막으로 유형화된 오러를 사용할 수 있는 전사는 미스릴급이라고 했다.

마법도 있고 마나를 사용하는 전사들도 있는 것으로 봐서는 탄 차원과 크게 다르지 않았다.

마을 밖으로 나온 가온은 굳이 나이트 비전 스킬을 활성화시키지는 않았다. 흐릿한 달빛만으로도 대낮처럼 훤히 볼 수 있었기 때문이다.

가온의 발길은 계곡 아래쪽으로 향했는데 쾌보를 사용했기에 순식간에 마을에서 멀어졌다.

계곡 하류에 도착한 가온은 이전에는 농사를 지었을 것으로 생각되는 너른 땅과 암석이 많아지는 부분의 경계를 주시했다.

과연 땅이 마치 살아 있는 것처럼 요동치고 있었다. 뤼나웜이 활동하고 있다는 증거였다.

가온은 바로 카오스를 불러 경계 부분을 살펴보도록 했다.

성과를 확대하려면 의뢰를 해결하는 데 정령의 활용을 최소한으로 하라고 했지만, 정찰이나 탐색과 같은 활동은 괜찮을 것이다. 어차피 혼자 움직이는 가온에게는 필수적이기도 하고.

─이거 뭐야? 크고 징그럽게 생긴 지렁이들이 엄청나게 많은걸.

'얼마나 많아?'

─헤아릴 수가 없어. 그런데 이거 지렁이가 아니라 마수네. 암석을 갉아먹고 있어.

'암석을?'

분명히 마을 사람들이 말하기로는 돌이나 암석을 건드리지 않는다고 했다. 그래서 아직 올센 마을이 안전한 것이고.

─먹으려는 것이 아닌가 봐. 바로 항문으로 내보내고 있으니까. 그런데 배가 엄청 고픈가 봐.

'동족은 안 먹나?'

─그런 것 같아.

좋은 걸 알았다. 나중엔 어떻게 진화할지 모르지만 뤼나웜은 동족 포식은 하지 않는다.

'일단 서너 마리만 밖으로 끌어내 봐.'

─알았어.

카오스가 흙 밖으로 끌어 올린 뤼나웜을 본 가온은 자신도 모르게 미간을 찌푸렸다.

'정말로 엄청나게 징그럽네.'

외관부터 지렁이라고 보기 힘들었다.

일단 주둥이 부분이 완전히 달랐다. 둥글고 큰 주둥이에는 작지만 날카로운 이빨이 두 줄로 나 있었는데, 앞 열의 이빨은 밖으로 비스듬하게 노출이 되어 뭔가를 씹기가 편했다.

게다가 크기는 하바랑 노인이 말한 것처럼 성인의 팔과 유사한 길이와 두께였는데 그린웜이라는 거대 지렁이가 마수화되었다는 유일한 증거에 해당하는 수없이 많은 체절이 징그럽게 꿈틀거리고 있었다.

일단 매의 눈으로 표시된 급소는 두 군데로 뇌와 심장이었는데, 둘 다 날카로운 이빨이 나 있는 주둥이의 바로 뒤쪽에 자리하고 있었다.

해는 없지만 위험을 감지했는지 쉴 새 없이 꿈틀거리며 다시 땅속으로 들어가려는 한 놈의 심장에 단검을 던졌다. 그러자 놈의 움직임이 확 줄어들더니 한참 만에 멈추었다. 죽은 것이다.

이번에는 다른 놈의 뇌를 단검으로 찔렀는데 심장이 멀쩡해서 그런지 앞선 놈보다 대여섯 배는 더 살아 있었고 심지어 본능적으로 턱을 마구 움직여서 공격을 시도하기도 했다.

다음 놈은 체절을 잘라 보았다.

'호오! 확실히 재생 능력이 있네.'

느리긴 하지만 잘린 부분에서 새로운 체절이 생성되고 있었다.

이렇게 되면 정확하게 심장을 터트리는 것이 중요했다. 즉 검기를 난사하는 방식으로 사냥을 하는 것은 큰 효율이 없다는 것을 의미했다.

마지막 놈의 경우 이빨이 나 있는 주둥이를 마나를 주입하지 않고 단검으로 내리쳐 봤다.

턱!

놀랍게도 일반인의 힘 정도로 내리쳤는데 이빨은 물론 턱에도 큰 손상을 주지 못했다. 물론 마나를 주입한 상태로는 자를 수 있었지만.

'제대로 훈련받은 병사라고 해도 쉽게 처리할 수 없겠어.'

그나마 다행한 건 돌이 많은 땅에서는 이동 속도가 느려서 어린아이들도 충분히 도망칠 수 있다는 점이었다.

'카오스, 이놈들이 경계에서 얼마나 떨어진 곳까지 분포하고 있어?'

─흙과 암석의 경계면에서 흙 쪽으로 30미터까지는 이놈들로 바글바글하고 그 밖으로는 듬성듬성 있어.

아마 그 바깥의 토양은 이미 다 먹어 치워서 더 이상 영양분으로 사용할 것이 거의 없는 모양이다.

'그럼 깊이는 어때?'

─지표면에서 최대 50센티미터까지만 서식하는 것 같아.

그렇다면 표토층을 포함해서 지면에서 가까운 깊이에서만 서식한다는 얘기다. 표토란 지표면에서 대략 30센티미터 깊이까지의 흙으로 주로 식물이 자랄 수 있는 영양분을 보유하고 있다.

'혹시 알 같은 게 있는지 확인해 볼래.'

―그러지.

가온의 부탁으로 땅속을 뒤진 카오스는 얼마 후 곳곳에 쌓인 알 무더기를 발견했다고 알려 왔다.

'설마 공동생활을 하는 건가?'

그게 아니라면 알이 한곳에 무더기로 쌓여 있을 리가 없었다.

원래 뭐, 지구의 지렁이는 자웅동체지만 보통은 다른 개체랑 생식을 하고 아주 특수한 경우에만 혼자 생식을 한다고 알려져 있다.

'어쩌면 그래서 동족을 포식하지 않는 건지도 모르겠네.'

이렇게 되면 먹이가 부족한 환경에서도 놈들은 서로 잡아먹지 않을 가능성이 높았다. 그리고 그건 놈들을 전멸시키려면 얼마나 많은 시간과 노력 그리고 인력이 필요한지 알 수 있게 해 주었다.

가온은 일단 뤼나웜의 알들을 챙기도록 한 후 혹시 몰라서 계곡을 따라 올라왔는데, 걱정했던 대로 물을 타고 오르는 개체들이 몇 마리 있었다.

가온은 검기로 그런 놈들을 일일이 끝장내면서 마을로 돌아왔는데, 마음이 무거웠다. 계곡물을 타고 오르는 놈들이 있다는 건 올센 마을의 평화도 잠시에 불과하다는 사실을 알려 주었기 때문이다.

밤새 고민을 했던 가온은 새벽에 일어나서 다시 마을을 벗어났다.

'한번 시험을 해 보자.'

뤼나웜을 효과적으로 사냥할 방법을 밤새 고민했던 가온은 새벽에 내린 이슬 때문인지 꽤 많은 뤼나웜이 지상으로 나와 있는 것을 확인할 수 있었다.

지면 바로 아래에서도 왕성하게 활동하는지 땅이 물결치듯 요동을 치고 있었다.

'윈드 커터!'

생성된 윈드 커터의 숫자는 무려 15개. 가온이 만들어 낼 수 있는 최대의 숫자였다.

물론 크기는 작았다. 지름이 대략 30센티미터에 불과했다.

그런 윈드 커터들이 수직으로 서서 회전하기 시작했는데 간격은 손바닥 길이로 촘촘했다.

'가랏!'

가온의 의지에 따라 열다섯 개의 윈드 커터가 수직으로 빠르게 회전을 하면서 앞으로 나아갔는데 반지름에 해당하는 부분이 땅속을 파고들었다.

윈드 커터들은 마치 땅을 가는 농기구의 날처럼 빠르게 회전하면서 걸리는 건 뭐든 자르면서 앞으로 이동했다.

당연히 지상으로 나와 있던 뤼나웜들은 모조리 몸체가 손바닥 길이 간격으로 잘려 버렸고 지면 바로 아래에 있던 놈들도 같은 꼴이 되었다.

그렇게 10여 미터를 이동한 윈드 커터는 제자리에 멈추었다.

결과는 만족스럽지 않았다. 손바닥 길이로 잘린 수없이 많은 뤼나웜의 몸통 절편들이 꿈틀거리며 서로 달라붙으며 재생을 시도하고 있었기 때문이다. 심장이나 뇌를 정확하게 가른 윈드 커터가 별로 없었다는 얘기였다.

'역시 쉽지 않은 상대로군. 이번에는 윈드 커터의 크기를 지상부는 물론 놈들의 활동 영역에 해당하는 깊이 50센티미터까지 커버할 정도로 키워 보자.'

순식간에 지름이 1미터까지 커진 윈드 커터들이 생성되었는데 숫자는 5개가 큰 심력 소모 없이 사용할 수 있는 한계였다.

그렇게 만들어진 다섯 개의 윈드 커터는 10센티미터 간격으로, 날의 절반이 땅속에 박힌 상태로 빠르게 회전을 하면서 움직이기 시작했다.

위잉! 위이잉!

저항감은 거의 느껴지지 않았다. 뤼나웜들이 작은 돌까지 모두 씹어서 집어삼켜 버렸기 때문이다.

쓰스스스.

다섯 개의 윈드 커터는 지상은 물론이고 뤼나웜이 주로 움직이는 깊이를 빠르게 이동하면서 경로에 있는 놈들의 몸을 가르고 있었다.

그렇게 10미터 거리를 윈드 커터들이 몇 번 왕복한 후 미리 소환해 둔 카오스에게 부탁했다.

'어떻게 되었는지 확인해 줘.'

-3분의 1 정도는 살아 있어.

나름 기대했지만 들인 노력에 비해서 결과는 영 못마땅했다.

'윈드 커터의 간격을 더 촘촘하게 유지해야겠네. 아무래도 다른 수를 강구해야겠어.'

밤새 궁리해서 나름 효과적일 것으로 기대했던 윈드 커터였지만 결과물은 실망이다.

-가온, 그런데 이상한 게 있어.

'뭐가?'

-이놈들은 심장이나 뇌에 마정석이 따로 없어. 대신 몸 전체에 미세한 크기의 마정석 수십 개가 박혀 있어.

'미세한 마정석이라고?'

-응. 크기는 최하급의 30분의 1 정도인데 담고 있는 마나

의 양은 최하급과 비슷하지만 재생력까지 담고 있어.

최하급에 해당하는 마나를 품고 있는 마나석이 한 마리당 수십 개라니 정말 대단하다.

이런 마정석에 대해서 들은 적이 있는 것 같은데 생각이 나질 않는다.

가온은 앙헬을 불러서 미세 마정석들을 챙기도록 한 후 마나 소모량을 확인했다.

'모든 에너지를 마나로 치환할 경우 반지름이 0.5미터인 윈드 커터 10개를 하루 정도는 꾸준히 사용할 수 있겠어.'

그래 봐야 수없이 많은 뤼나웜을 생각하면 어림도 없지만 곧 떠날 올센 마을을 생각해서라도 이 근방에 서식하는 놈들을 처리할 생각이다.

상행

마을로 돌아온 가온은 전날 함께 식사를 했던 이들과 아침을 먹은 후 사람들이 은연중에 궁금해하는 자신의 거취를 밝혔다.

"오늘 떠날 생각입니다."

"저희도 곧 떠날 생각인데 저희와 함께하시면 안 되겠습니까?"

"미안하지만 마음이 급해서 바로 떠나야겠습니다."

여유만 있다면 그러고 싶었지만 어린아이까지 포함된 300여 명과 함께 움직이며 시간이 너무 낭비된다.

가온의 말에 하바랑 노인을 비롯한 마을 지도자들이 실망한 얼굴을 감추지 못했지만 그들도 더 이상 부탁을 할 수 없었다.

"새벽에 살펴보니 뤼나웜 중 일부가 계곡물을 거슬러 오르더군요. 여러분도 한시바삐 이곳을 벗어나는 것이 좋겠습니다."

곧바로 마을을 빠져나온 가온은 새벽에 사냥을 했던 곳으로 향했다.

'사냥을 하기 전에 할 일이 있지.'

이전에 보상으로 받았던 스킬 진화권을 사용해서 D등급 3레벨이었던 윈드 커터를 B등급으로 진화시켰다.

카오스를 소환해서 아까 윈드 커터로 사냥을 했던 곳을 살펴보게 했는데 놀랍게도 그곳에는 새로운 뤼나웜이 발견되지 않았다. 그뿐 아니라 그 양쪽 옆으로도 뤼나웜의 밀도가 크게 낮아진 상태였다.

'지능이 있어서 위험하다는 것을 인지한 걸까?'

설령 그렇다고 해도 별문제는 없었다.

그렇다고 굳이 발의 진동을 통해서 놈들에게 자신의 존재를 알리고 싶지 않았던 가온은 투명날개를 장착한 후 낮게 날면서 윈드 커터를 생성했다.

B등급으로 진화한 덕분에 한 번에 생성할 수 있는 윈드 커터의 숫자는 무려 40개가 되었다. 물론 지름은 0.5미터였다.

40개의 윈드 커터는 약 5센티미터의 간격을 유지한 상태로 날 끝이 땅 위에 간신히 나올 정도로 땅속 깊이 박힌 상태

예지몽으로
히든랭커

로 맹렬히 회전하기 시작했다.

'가랏!'

윈드 커터들이 회전을 하면서 전진하자 2미터 폭의 땅이 들썩거렸다.

순식간에 100여 미터를 전진한 윈드 커터들은 옆으로 2미터를 이동한 후 거꾸로 되돌아왔고 다시 옆으로 2미터를 이동한 후 다시 전진했다.

그런 식으로 윈드 커터를 반복해서 움직이자 경계를 기준으로 길이 100미터에 폭 12미터에 달하는 땅속에 서식하는 뤼나웜이 모조리 몸이 절단되어 버렸다.

물론 그럼에도 불구하고 움직이는 것들이 꽤 많았다. 운 좋게 심장이 잘리지 않은 개체들이었다.

그래서 다시 윈드 커터를 발현해서 더 조밀하게 운용한 끝에 결국 뤼나웜을 모두 죽일 수 있었다.

당연히 전리품을 챙길 차례인데 사체와 접촉을 해야만 발동하는 파워드레인 스킬이 아쉬웠다.

'카우마, 앙헬이 미세 마정석을 모두 챙기면 너는 잘린 놈들의 몸체와 알 들을 모조리 녹여 버려.'

잠깐 고민했지만 카우마가 열기를 사용해서 뤼나웜을 죽이는 것이라면 몰라도 이 정도는 괜찮을 것이다.

카우마가 열기로 녹여 버린 뤼나웜의 사체는 놈들의 분변토와 함께 앞으로 자라날 식물들의 좋은 자양분이 될 것이다. 물론 더 이상 이 구역에 새로 진입하는 뤼나웜이 없어야 하겠지만 말이다.

그런 작업을 열 번 하니 길이가 1킬로미터에 폭 12미터에 달하는 엄청난 면적에 서식하는 뤼나웜이 말끔하게 도륙되었다.

더 작업을 할 수도 있지만 일단 올센 마을로 통하는 공간은 말끔하게 정리했으니 일단 멈추었다.

'이젠 흙을 뒤집어야 해.'

흙을 뒤집는 일은 카오스가 맡았다. 표토인 30센티미터가 아니라 50센티미터 깊이까지 흙을 뒤집는 일이지만 이미 상급 정령을 능가하는 능력을 갖게 된 카오스는 순식간에 이 일을 끝냈다.

그게 끝이 아니었다.

'녹스, 구해 왔어?'

녹스에게 부탁한 것은 풀씨를 구하는 일이었다. 이곳과 멀지 않은 산기슭의 흙 위, 혹은 흙 속에 있는 다양한 식물의 씨를 구해 달라고 했다.

—정말 아무거나 상관없는 거지?

'응. 깊이는 내 손가락 정도에 거리는 손바닥 정도의 거리만큼 조밀하게 집어넣으면 돼.'

굳이 가온이 직접 할 필요는 없었다.

—알았어. 금방 할게.

녹스는 순식간에 자신이 구해 온 다양한 식물의 씨를 가온이 말한 간격으로 흙 속에 집어넣었다. 흙이 워낙 미세해서 어려운 작업은 아니었다.

이번에는 다시 카오스 차례다.

'카오스, 물을 끌어 올려 줘.'

비가 오면 좋겠지만 해가 쨍쨍하니 할 수 없이 카오스에게 부탁하는 수밖에 없었다.

카오스는 지하 수맥을 찾아서 물을 끌어 올리더니 마치 스프링클러처럼 녹스가 씨앗을 심은 땅을 촉촉하게 적셔 주었다.

일단 이곳에서 할 작업은 이게 끝이다. 뭔가 발아해서 올센 마을 사람들에게 도움이 되었으면 좋겠다.

이제 보다 많은 정보를 위해서 사람들이 많이 모여 사는 도시를 찾아갈 차례다.

잠깐 쉰 가온은 투명날개를 장착한 후 더 북쪽을 향해 날아갔다.

올센 마을이 위치한 산이 해안을 따라 남북으로 뻗은 산맥의 가장 남쪽이었는지 이제 평지는 별로 보이지 않고 높고 낮은 산들이 이어지고 있었다.

'저기에도 마을이 있군.'

급조한 듯 초라하고 허름한 집들로 가득한 크고 작은 마을

들이 산기슭이나 산 중턱에 자리하고 있었는데, 이곳까지 뤼나웜들이 진출해서 활동하고 있는지 산 사이의 낮은 곳은 여지없이 황무지였다.

더 북쪽으로 올라가자 공기 자체가 달라졌다.

'기온이 낮아졌네.'

파르 덕분에 항상 일정한 체온을 유지할 수 있는 가온이지만 콧속으로 들어오는 찬 공기는 인지할 수 있었다.

'현재로서는 낮은 기온이 뤼나웜의 유일한 약점이네.'

더 북쪽으로 날아가서 정오에 가까운 시간이 되자 상당한 규모의 성이 나타났다. 성 안팎에 있는 주택의 숫자를 고려하면 인구는 대략 5만 명 정도로 탄 차원을 기준으로 하면 자작령의 영주성에 해당하는 규모였다.

가온은 성 곳곳을 살펴보다가 성내에서도 가장 한적한 지역으로 내려갔다.

'농장이 있네.'

정확하게는 과수 농장과 호밀밭이었다. 이런 농경지는 성 외부에 있는 것이 보통인데 성의 규모가 크다 보니 안에 마련한 것 같았다.

적당한 곳에서 은신을 푼 가온은 성안 쪽으로 걸음을 옮겼다.

농장이 있는 구역이라서 그런지 농부들의 모습이 간간이 보였는데, 제대로 먹지를 못했는지 삐쩍 곯은 몰골이었고 가온에게 눈길을 줄 만도 한데 아예 쳐다보지도 않았다.

'영주의 수탈이 심한 곳인가?'

더 안쪽으로 걸음을 옮기자 마침내 공방의 작업실들로 보이는 건물들이 나타났다.

건물 사이의 골목을 지나 툭 터진 거리로 나가자 사람들이 눈에 띄게 많아졌다. 뭔가를 팔고 사려는 사람들로 인해서 거리는 상당히 활성화되어 있었는데 이상한 점이 있었다.

'표정들이 너무 어두워.'

장인이나 판매원 들은 물론 물건을 사러 온 손님들도 안색이 좋지 않았다. 성에 무척 안 좋은 일이라도 있는 것 같았다.

혹시 하는 생각에 공방 밖으로 내놓은 물건들을 구경했는데 품질이 상당히 좋지 않았다.

이곳에서는 규격화된 금편과 은편 그리고 동편을 화폐로 사용하고 있었는데, 위조를 고려해서 문양을 넣은 것도 아니고 정사각형의 단순한 모양이었다.

이곳에 대한 소식을 알 필요가 있었다.

마침 시장했던 차라 가온은 공방 거리 끝 쪽에 있는 한 식당으로 들어갔다.

점심 식사 시간이었지만 안에는 사람이 거의 없었다. 테이블이 열대엿 개나 되었는데 단 두 개만 차 있었다.

"혼자 오셨나요?"

모피 가죽옷이지만 팔과 다리를 노출한 젊은 여급이 웃으며 묻기에 고개를 끄덕였다.

"편하신 대로 앉으세요. 지금 되는 음식은 호밀빵과 감자 스튜밖에 없으니 그걸로 드릴게요."

"혹시 술은 있소?"

"술이라뇨. 가게에 안 들어온 지 벌써 1년이 넘은걸요. 정 그래도 드시겠다면 감자술이 조금 있는데 세 금은 주셔야 해요."

세 금이라면 금편 세 개를 말하는 것일 터, 가온은 쓴웃음을 지으며 음식만 부탁했다.

'그나저나 돈이 없네.'

그래도 이곳에서 금편을 화폐로 사용하니 아공간에 있는 금덩어리들로 어떻게든 통용이 될 것이다.

가온은 이곳 소식을 조금이라도 들으려고 이미 식사를 하는 이들이 앉아 있는 두 테이블의 가운데 앉았다.

기대한 대로 두 테이블에 앉아 있던 사람들의 관심을 끄는 데 성공했다.

"전사 같은데 어디에서 오셨소?"

짙은 수염 때문에 나이를 알아보기 힘든 한 사내가 물었는데 그는 지구의 터번과 비슷한 모피 가죽을 머리에 둘렀다. 그의 앞에는 빈 그릇만 있는 것으로 보아 동료들보다 일찍 식사를 마친 모양이다.

"남쪽의 올센에서 오는 길이오."

"올센이라……. 들어 본 적이 없는데."

"남쪽이라면 기존의 마을과 도시는 물론이고 국가까지 다 무너지고 이젠 다들 산으로 들어갔으니 그런 곳 중 하나겠지. 맞소?"

말을 붙인 사내의 맞은편에 앉아 있던 다른 사내가 더러운 천으로 입을 닦으며 물었다.

"맞소."

"사람이 살고 있는 가장 아래쪽의 도시인 다르당 근처에서 온 모양이군. 나는 작은 상단을 운영하는 잠이라고 하오. 다르당에서 살아서 이곳까지 올 정도면 꽤 강한 모양인데 무슨 등급이오?"

가온은 정보를 듣기에 좋은 상대라고 생각하며 검 대신 옆구리에 차고 있는 단검을 뽑아서 검기를 발현했다.

"오! 골드였군요. 실례했습니다."

돌연 말투나 행동이 공손해져서 이상하다고 생각했는데 나중에 알고 보니 가온의 외모에 골드급 전사라면 백이면 백, 신분이 높은 가문 출신이 대부분이었기 때문이었다.

"실례까지는 아니오. 그런데 여기 분위기가 왜 이렇게 안 좋소?"

마침 좋은 말 상대를 만났다. 상인이라면 이곳 상황은 물론 이 세상에 대해서도 많은 정보를 알려 줄 것이다.

'술이라도 함께 먹으면서 이 세계에 대한 정보를 좀 뽑아 내야겠다.'

회색이 드문드문 섞인 턱수염으로 보아 중년으로 보이는 쟘은 제대로 된 수련까지는 아니어도 무기술을 익힌 티가 났다.

무엇보다 성내인데도 불구하고 옷 안에 얇은 하드레더를 착용한 것으로 필시 멀리까지 상행을 하는 상인으로 보였다. 그러니 세상이 돌아가는 상황을 잘 알고 있을 것이다.

"왜긴요. 뤼나웜 때문이지요. 그 끔찍한 놈들이 이곳에서 산 두 개 너머까지 진출했다는 소식이 전해지는 바람에 난리도 아닙니다. 이곳과 가장 가까운 롸이트시는 이미 무너졌고 피난민들이 코앞까지 도착했다는 소식 때문에 다들 어떻게 해야 할지 갈피를 못 잡고 있습니다."

혹시 그러지 않을까 예상은 했지만 정말 뤼나웜 때문에 성의 분위기가 이렇게 가라앉은 것이다.

"뤼나웜이라면 추위에 약하고 암석이 많은 산은 오르지 못하는 것으로 알고 있소만."

"몇 달 전에만 해도 그랬지요. 하지만 변종이 나타났답니다. 산과 같은 지형에서도 물론이고 낮 시간에도 지상에서 꽤 오래 버틸 수 있는 변종이랍니다. 아침 무렵에 성벽을 넘어온 놈들로 인해서 한창 숙면에 빠져 있던 롸이트시의 마법사와 전사 들이 꽤 많이 상했다고 합니다."

"이젠 추운 기후에도 적응하는 변종이 나올 거라고 사람들이 쑥덕거립니다. 대체 어디까지 도망을 쳐야 안전하게 살 수 있을지 모르겠습니다."

갈수록 태산이라더니 변종이 나타났단다.

'이렇게 되면 목표를 달성하는 데 시간이 너무 많이 걸릴 것 같은데.'

물론 이곳의 100시간이 탄 차원의 1시간에 해당한다는 사실 때문에 마음에 여유는 있었다.

놈들이 이미 먹어 치운 곳과 아직 먹지 않는 곳의 경계를 쭉 훑으면서 윈드 커터 마법으로 사냥을 하면 시간이 좀 많이 걸리더라도 목표를 달성할 수 있다고 생각했는데 변수가 생겼다.

'골치가 아프네. 차라리 내가 가진 모든 능력을 다 발휘할까?'

새로 출현했다는 변종의 능력을 생각하면 시간은 당연히 더 걸릴 것이다.

문제는 자꾸 성과 확대에 관심이 간다는 것이다.

'한 방에 몇 건, 혹은 수십 건에 해당하는 보상을 받을 수 있어.'

성과를 뻥튀기하듯 튀겨서 받을 수 있는 기회가 앞으로 다시 나올지는 알 수 없다. 명예 포인트를 최대한으로 획득할 수 있는 기회를 놓치고 싶지 않았다.

아무래도 시간도 줄이고 성과 확대를 노릴 수 있는 좋은 방법을 생각해 내야만 했다, 이를테면 조력자와 같은.

가온이 잠시 의뢰에 대해 생각할 때 처음에 말을 붙였던 쟘이라는 상인이 무슨 생각을 했는지 눈을 빛내며 입을 열었다.

"전사님은 이곳에 머무를 생각입니까?"

"그건 아니오. 더 북쪽으로 올라갈 생각이오."

"잘됐군요."

쟘이 박수를 치며 좋아했다.

"그럼 혹시 우리 상단이 알레랑까지 가는 길을 호위해 주실 수 있을까요? 보수는 충분히 드리겠습니다."

"언제 출발할 예정이오?"

"실력 있는 마법사에 이어 전사님까지 합류하신다면 더 이상 이곳에서 머뭇거릴 필요가 없지요. 내일 아침이라도 떠날 수 있습니다."

혼자라면 더 빠르게 이들이 말하는 알테랑과 같은 큰 도시로 갈 수 있지만 마법사, 그것도 실력 있는 마법사가 동행한다는 말에 고민이 되었다.

'그래, 시간이 걸리긴 하겠지만 상행과 동행하면서 이 세상에 대한 정보를 더 얻는 편이 나을 수도 있어.'

결정은 했지만 바로 승낙할 필요는 없었다. 이곳에도 용병

길드와 같은 조직이 있는지는 알 수 없지만, 중개를 하는 조직을 통하지 않고 이런 식으로 구두계약을 통해서 호위를 맡는 것이 어떨지 알 수 없었기 때문이다.

가온이 고민을 하는 눈치를 보이자 잠 옆에 있던 사내가 눈을 빛내며 입을 열었다.

"전사님, 저는 잠과 함께 이번 상행을 하기로 한 돌벤 상회의 자브레라고 합니다. 골드급 전사가 합류한다고 하면 망설이고 있는 실버급 전사 두 명도 합류할 겁니다. 비록 뤼나웜 때문에 가는 길에 마수와 몬스터가 좀 늘었다고는 하지만 전사님만 합류하시면 전력은 충분합니다."

"일정은 어떻게 되오?"

"열흘입니다."

당장 뤼나웜을 박멸할 방법이 있는 것도 아니고 조력자를 구하려면 좀 더 큰 도시로 가는 것이 답이다.

'어쩌면 잘된 일일 수도 있어. 어차피 나 혼자 의뢰를 완수하려면 하세월이고, 알레랑이라는 곳이 꽤 큰 도시인 것 같으니 그곳에서 쓸 만한 조력자를 구해 보자.'

게다가 단기간에 의뢰를 끝낼 수 없다는 것은 확실하니 열흘 정도 상행에 합류해서 이 세상이 돌아가는 것을 대충 파악하기로 했다.

"좋소. 그렇게 합시다."

이 상인들이 자신을 속이는 것일 수도 있지만 어떤 상황이

든 해결할 수 있는 자신감이 있는 가온은 거기에 대해서는 크게 신경을 쓰지 않았다.

"하하하! 됐어!"

"꼼짝없이 한동안 이곳에 묶여 있을 줄 알았는데 역시 우리는 운이 좋아!"

잠과 자브레가 감정을 숨기지 않고 마음껏 드러냈다.

"이건 선수금입니다. 식사는 저희가 맡을 테니 전사님은 무기만 준비하시면 됩니다."

잠이 내미는 주머니에는 선수금이 들어 있었는데 꺼내 보니 20금이나 되었다.

원래 선수금을 주는 것인지, 아니면 현재 가온이 패용하고 있는 무기가 없는 것을 보고 주는 것인지는 알 수 없지만, 이곳에서 통용되는 화폐를 받으니 뭔가 안도감이 들었다.

'20금이라……. 많은 건가?'

이 세상을 잘 모르니 짐작이 가질 않는다.

가온이 돈을 받고도 별로 좋은 기색을 보이지 않자 잠이 긴장한 얼굴로 입을 열었다.

"알레랑에 도착하면 80금을 더 드리겠습니다. 원래 절반을 드려야 하는데, 사실 물건을 많이 구입하는 바람에 자금이 부족합니다."

이곳에서는 호위 계약의 경우 선수금으로 절반을 지급하는 것이 관례인 모양이다.

"대신 빌려 놓은 방이 있으니 전사님께 가장 좋은 방을 내드리겠습니다."

"잘 쓰겠소."

안 그래도 하루 잘 곳이 필요했는데 잘됐다.

"무기를 구입하시려면 대장간 거리로 가서서 롭바이 대장간을 찾아가십시오. 붉은색 도끼와 철퇴가 그려진 깃발이 꽂힌 가게입니다. 제 이름을 얘기하면 좋은 무기를 내놓을 겁니다."

딱히 필요한 건 없지만 구경을 할 겸 그곳으로 가 보기로 했다.

"그런데 짐은 따로 없으신지요?"

"작은 용량의 공간 아이템을 가지고 있소."

통역이 잘못되는 것인지 어투가 자꾸 오만하게 나왔는데 두 사람은 그런 태도에 전혀 신경을 쓰지 않는 것 같았다.

"아! 네, 알겠습니다."

물어봤던 자브레는 물론이고 쟘 역시 깜짝 놀란 얼굴로 가온을 다시 쳐다봤다.

가온은 생각보다 격렬한 두 사람의 반응을 통해 이 세상에는 매직 아이템이 극히 희귀하다는 사실을 확인할 수 있었다. 그렇다고 욕심을 내는 얼굴은 아니어서 크게 신경을 쓰진 않았다.

"그럼 난 바로 대장간 거리를 구경하고 돌아오겠소."

"네! 기다리고 있겠습니다."

호위 전력이 충분히 갖추어지질 않아서 출발을 못 하고 있었던 것인지 쟘과 자브레는 기쁜 얼굴을 숨기지 못했다.

쟘이 소개한 롭바이 대장간을 찾는 건 쉬웠다. 문맹이 많은 곳인지 가게마다 문자 대신 그림이 그려진 깃발이 입구의 문틀에 꽂혀 있었는데 붉은색 도끼와 철퇴가 나란히 그려진 깃발은 금방 눈에 띄었다.

작업이 이루어지는 대장간은 안쪽에 있고 바깥쪽은 완성품을 전시해 놓고 판매를 하는 매장이었는데 들어가니 카운터에 앉아 있는 거한이 먼저 눈에 들어왔다.

"뭘 찾으슈?"

"혹시 볼트 있소?"

이곳 사람들 중 석궁을 들고 다니는 이들이 눈에 띄었기에 연발석궁을 사용할까 싶었다.

화살은 기존에 구입한 것들도 많았지만 블랙켄타우로스들이 사용하던 것들을 수없이 챙겨 놨지만 볼트는 그리 많지 않았다.

"우리 가게에서 만드는 볼트는 대가 강철이고 촉 부분이 묵강철이라서 몇 번이고 사용할 수 있어 무척 좋지만……."

그렇게까지만 얘기하고 마는 것을 보니 가격이 좀 되는 모양이다.

"얼마요?"

인상을 봐서는 밀고당기기를 할 상대는 아닌 것 같지만 그래도 바가지를 쓸 수는 없었다.

"50발들이 한 통에 30은이오. 철괴 가격도 많이 뛰었지만 강철로 제련하는 데 공이 많이 들어가서 그 이하로는 드릴 수가 없수."

비싼 건지 싼 건지는 잘 모르겠지만 예전에 비해서 가격이 오른 것만은 확실한 것 같았다.

"보여 주시오."

살 의향이 있다고 생각했는지 막상 가격을 부른 상대, 아마도 롭바이 본인으로 보이는 대장장이가 놀란 얼굴로 잠시 가온을 멍하니 쳐다보더니 후다닥 안으로 들어갔다.

얼마 후 다시 매장으로 나온 거한의 손에는 광택이 나지 않는 흑색의 금속으로 만든 볼트들이 빼곡하게 들어 있는 볼트통이 들려 있었다.

"대는 일반 강철에 촉 부분은 묵강철로 만든 우리 대장간 비전의 볼트요."

그러고 보니 촉 부분이 유난히 검은색인데 이 정도의 볼트는 탄 차원에서도 보기 힘들었다.

"자부심을 가질 정도로 좋은 물건이군. 이 정도 수량이 있을지 모르겠소."

가온은 더 이상 생각하지 않고 잠이라는 상인에게 받은 선수금을 통째로 넘겼다.

"누구 소개로 왔습니까?"

20금이 생각보다 큰돈인지 거한의 눈이 휘둥그레지더니 그렇게 물었다. 이 정도 거금을 쓸 전사가 우연히 찾아왔을 것 같지는 않았다.

"쟘이라고 하더군."

"아! 쟘 형님의 손님이셨군요. 그럼 이번 상행에 호위로 합류하는 겁니까?"

생각보다 나이가 어린 모양이다. 겉보기에는 쟘보다 연상으로 보였는데 말이다.

"그렇소. 내가 마지막이라고 하더군."

"공이 많이 들어간 물건이라 원래 깎아 드릴 수 없는데 한 통에 25은까지 드리겠습니다. 거기에 좋은 단검 한 자루를 드리겠습니다. 여행할 때 요긴하게 쓰일 겁니다."

거한은 곧 볼트통들을 꺼내 왔는데 80개나 되는 것을 보면 1금이 100은인 모양이다.

거기에 볼트에 더해서 내준 단검은 정말 좋은 물건이었다. 재질도 범상치 않았지만, 예기가 아주 날카로워서 단검임에도 검집이 필요할 정도였다.

"좋은 거래를 한 것 같소. 장사 잘하시오."

"부디 모시우의 은혜로움이 함께하시길."

인사말을 보아하니 모시우는 이 세계의 신인 모양인데 고등학교 동창 중 같은 이름을 가진 녀석이 생각나서 피식 웃었다.

식당 겸 여관으로 가는 길에 시장이 보였다.

그런데 시장 분위기가 영 썰렁하다. 사람은 굉장히 많았는데 뭔가 손에 들고 있는 사람은 별로 없었다.

"후우. 너무 올라서 살 것이 없네."

"이렇게 식료품 가격이 치솟으면 다들 굶어 죽을 것 같은데."

"이게 다 뤼나웜 때문이야!"

"산까지 오를 수 있는 변종이 출현할 줄은 정말 몰랐는데."

"내일이나 모레면 뢰아트성에서 온 피난민들이 들어온다고 하던데, 우리는 괜찮을까?"

"낮에도 밖으로 나와서 오래 활동하는 변종들까지 나왔다니 안심할 수가 없지. 그렇다고 애들도 어린데 없는 살림에 더 북쪽으로 피난을 가기도 힘들고."

식료품을 포함한 거의 모든 물품의 가격이 엄청나게 치솟은 것도 서민들을 힘들게 했지만, 무엇보다 이제까지 안전할 거라고 생각했던 인근의 롸이트시까지 뤼나웜에게 초토화되자 두려움에 질려 있었다.

그래도 이들 대부분은 눈앞에 위기가 닥치기 전까지는 오랫동안 살아온 삶의 터전을 쉽게 버리지는 못할 것이다.

아무튼 시장을 한번 쭉 둘러보고 살 게 없다는 것을 확인한 가온은 식당으로 돌아왔다.

술을 마시다가 가온이 식당으로 들어오는 것을 본 쟘과 자브레는 나름 걱정을 했었는데, 안심하는 얼굴로 반겨 주었다.

"난 방에 가서 좀 쉬겠소."

"그러십시오. 오늘 저녁에는 호위 전력이 모두 이곳에 모여 식사를 함께하기로 했으니 그때 다른 사람들을 소개시켜 드리겠습니다."

검기를 사용할 수 있는 전사가 희귀한지 쟘의 태도는 아주 극진했다.

"알겠소."

가온도 저녁 식사 시간이 기대되었다. 이 세계에 대한 좀 더 많은 정보를 들을 수 있을 테니 말이다.

쟘이 양보를 한 건지 아니면 원래 비어 있었는지 모르겠지만 방의 상태는 굉장히 양호했다. 식당과 같은 건물이 아닌 별채였는데, 침대나 가구의 질도 높았고 욕실까지 따로 있었다.

방의 상태에 만족한 것도 잠시 가온은 공을 들여서 연공을 시작했다. 체술로 몸을 가볍게 풀어 준 후 오행신공과 청뇌 명상법 그리고 청류심법을 차례로 연공했다.

거의 두 시간 만에 모든 연공을 끝낸 가온은 상당히 놀랐다.

'탄 차원보다 마나의 농도가 세 배나 짙다고 하더니 정말 대단하네.'

그래서 연공의 효과가 높았다.

'그런데 갑자기 존재감을 드러내는 에너지는 대체 뭐지?'

이제까지는 존재감이 거의 없었던 에너지가 그의 관심을 끌었다.

확인하기 위해서 상태창을 연 가온의 눈이 커졌다.

'흑마력이 언제 이렇게 올랐지?'

차원 이동을 하기 이전에 확인했을 때만 해도 채 2천이 조금 넘던 흑마력이 무려 7천에 가까울 정도로 폭증했다.

대체 왜 이런 변화가 생겼는지 곰곰이 생각하던 가온이 고개를 끄덕였다.

'뤼나웜이 흑마력을 품고 있었고 죽는 순간 흩어지던 것들이 호흡을 통해 내게 흡수되었거나 대기 중에 녹아 있는 흑마력이 연공을 통해 흡수되었겠지.'

그렇다면 마기란 흑마력을 의미하는 건지도 모르겠다는 생각이 들었다.

'파워드레인 스킬을 쓰지 못한 것이 좀 아쉽네.'

스킬을 제대로 사용했다면 더 많은 흑마력을 축적했을 것이다.

가온은 아직 저녁까지는 시간이 있으니 흑마력에 대해서 확인을 해 보기로 했다.

흑마력에 집중을 하자 특유의 성질이 느껴졌다. 강한 활성이 가장 먼저 느껴졌고 다음은 폭발적인 성질이 느껴졌다.

손가락 끝을 통해 흑마력의 일부를 외부로 배출해 보니 주위의 마나와 바로 반응했는데 그 결과가 놀라웠다.

'증폭이라고?'

다른 마나와 접촉하는 순간 반응력이 굉장했다. 순간적으로 활동성이 거의 세 배가량 높아진 것이다.

하지만 제대로 다루기가 힘들었다.

자신이 쌓은 흑마력이야 당연히 제어가 가능했지만 다른 마나와 반응한 상태의 흑마력은 전혀 다른 에너지처럼 방향성 없이 날뛰려고 했기 때문이다.

그래도 욕심이 났다. 순간적으로 이루어지는 세 배의 증폭률을 생각하면 더욱 그랬다.

S급으로 진화한 오행신공은 다른 에너지와 마찬가지로 흑마력을 오행기로 순화시키기 때문에 따로 축적하기가 힘들다.

그렇다고 호흡을 통해 자연 상태의 흑마력을 그대로 흡수하는 건 위험했다.

관리할 수 없는 힘은 아무리 강력해도 언제 터질지 모르는 폭탄에 불과했다.

'혹시 흑마력을 별도로 다루는 연공법도 있을까?'

바로 갓상점에 접속한 가온은 벼리의 도움까지 받아서 물품 리스트를 뒤지기 시작했다.

본인을 위한 투자

'찾았다!'

오래 걸리지는 않았다. 판매가를 기준으로 상위에 있었기 때문이다.

흑마신공

등급 : A

상세

−음차원의 에너지를 마기로 정제한다.

가격 : 285만 명예 포인트

설명에 언급된 마기가 흑마력이 맞는다면 가온이 찾던 연공법이 맞았다.

'285만 포인트라……'

무시무시한 수치다. 예전 같았으면 엄두도 내지 못했을 포인트지만 지금은 여유가 있다.

'정보 던전의 전 층을 모두 공략하길 잘했네.'

그러지 않았으면 지금과 같은 상황은 엄두도 내지 못했을 것이다.

그런데 가온이 막 구매를 하려고 했을 때 그동안 보지 못해 쌓인 상태에서 봐 달라는 듯 깜빡이는 알림이 보이자 확인을 했다.

-500만 명예 포인트를 사용해서 갓상점 사용자의 등급을 업그레이드할 수 있습니다. 업그레드를 하시겠습니까?

등급을 업그레이해 준다는 것은 좀 더 높고 희귀한 스킬과 아이템들을 구입할 수 있다는 의미였다.

'좋아! 가자!'

그렇게 사용자 등급을 업그레이드하자 바로 갓상점의 메뉴부터 시작해서 많은 것이 바뀌었다.

뭐가 어떻게 변했는지 살펴보는 것은 벼리에게 맡기고 가온은 일단 흑마력을 다룰 수 있는 연공법을 검색해 보았다.

'이건 편하네.'

가격, 주제, 용도 등 다양한 기준으로 검색을 할 수 있도록 했기 때문에 뭔가 찾기가 아주 쉬워졌다.

그렇게 검색한 리스트에는 가온의 욕심을 자극하는 것이 있었다.

음양신공

등급 : SSS
상세
-에너지를 음기와 양기로 구분한 상태에서 하나로 뭉쳐서 축적할 수 있다.
-음기와 양기의 조화가 되지 않을 경우 신공이 저절로 운용되어 균형을 맞춘다.
-인지한 속성만 따로 뽑아내어 사용할 수 있다.

'물과 불처럼 상극인 에너지도 분리된 상태로 축적할 수 있다는 의미겠지?'

원래 반대의 속성을 가진 에너지를 한곳에 축적할 수는 없다. 그렇게 되면 그곳의 에너지 상태가 극히 불안정해서 충격을 받으면 마나오션과 같은 마나 저장소가 폭발과 같은 치명적인 손상을 받을 수 있었다.

하지만 설명이 맞는다면 음양신공을 통해 축적한 에너지는 안정적으로 한곳에 축적할 수 있으며, 심지어 균형이 맞지 않으면 일부러 신공을 연공하지 않아도 신공이 스스로 운공을 하여 조화를 이룬다.

마지막으로 뇌전력이나 흑마력처럼 확실하게 인지한 기운

은 언제라도 뽑아서 쓸 수가 있었다.

무엇보다 등급이 무려 트리플 에스다.

'이건 사야 해!'

가격이 무려 1천만 포인트지만 가온은 아낄 생각이 없었다. 이럴 때 쓰려고 기를 쓰고 모은 것이다.

단번에 1,500만 포인트가 빠져나가 남은 게 별로 없었지만, 상실감은 크지 않았다. 음양신공에 대한 기대감이 더욱 컸기 때문이다.

구매를 결정하자 머릿속으로 전해지는 음양신공의 요체.

어느 정도 이해했다고 생각한 순간 음양신공이 스스로 운공이 되었다.

전신 주천처럼 인체 대부분의 마나로드를 경유하는 복잡한 경로의 음양신공이 1주천 하는 내내 가온은 극심한 통증을 감수해야만 했다.

음양신공은 이전에 뚫리지 않았거나 사용하지 않았던 마나로드까지 이용했기 때문이다.

그렇게 1주천이 끝나자 가온은 일단 연공을 멈추고 변화를 확인하려고 했다.

하지만 음양신공은 마치 에고라도 있는 것처럼 그의 의지를 받아들이지 않고 다시 주천을 계속했는데, 이번에는 어퍼, 미들을 포함한 세 곳의 마나오션에 있는 마나를 모두 끌고 나왔다.

'크윽!'

가온은 입 밖으로 터져 나오려는 고통의 비명을 억지로 참았다. 본능적으로 입을 벌려서는 안 된다는 사실을 깨달았기 때문이다.

세 마나오션을 거의 꽉 채웠던 마나의 양은 엄청났다. 그 모든 것이 마나로드로 밀려들자 견디지 못한 마나로드는 찢어지고 터져 나갔다.

하지만 신기한 일이 일어났다. 몸 안에 잠복해 있던 모종의 기운이 몰려들더니 순식간에 마나로드를 재생한 것이다.

그 이후로는 마나로드가 파손되기가 무섭게 다시 재생되는 일이 반복되었다.

그것만이 아니다. 대체 언제 숨어 있었는지 모를 마나들이 마나로드를 질주하는 거대한 마나의 흐름에 이끌려 합류했다.

그렇게 고통스러웠던 강제 연공이 끝났다.

각기 다른 속성을 가졌던 마나들은 이제 푸르고 붉은 색감으로만 인지할 수 있는 두 종류로 변했는데, 심상으로 확인하니 태극 문양으로 서로 꼬인 상태였다.

이제 마나 오션으로 돌려보내기만 하면 되는데 음양신공이 다시 움직이기 시작했다.

'그만해!'

방금 전의 끔찍했던 고통을 떠올린 가온이 필사적으로 의지를 세웠지만 소용이 없었다.

이전보다 더 강하고 빠른 속도로 마나로드를 다시 질주하는 음양의 마나는 기어코 다시 마나로드를 찢고 터트려 버렸다.

'으아아악!'

소리 내어 비명을 지르면 고통이 좀 덜할 것 같았지만 그럴 수는 없었다. 연공을 할 때 입을 벌리는 것은 너무 위험했다.

가온은 그런 고통 속에서도 마나의 흐름을 놓치지 않았다.

끝없이 이어질 것 같은 강렬한 고통과 마치 폭포수와 같은 기세로 마나로드를 질주하는 마나의 흐름이 이어졌다.

그래도 버티다 보니 고통의 시간은 끝이 났다.

총 열여덟 번의 주천.

고통을 인내한 대가인지 전신의 마나로드가 활짝 열렸다. 이전에 오행신공으로 사용하던 마나로드에 비해 길이가 무려 세 배에 달하는 새로운 마나로드가 생성된 것이다.

변화는 길이만이 아니다. 마나로드가 두 배 이상 확장되어 더 많은 마나를 더 빠르게 운용할 수 있게 되었다.

마나로드만 변한 것이 아니다.

세 마나오션에는 태극 문양을 이룬 마나가 빠르게 회전을 하고 있었다.

태극기 중앙에 있는 문양처럼 음기와 양기가 조화를 이루고 있었는데, 아직 완벽한 모양은 아니었지만 태극 문양은 또렷했다.

'그럼 흑마력은 대체 어디에 있는 거지?'

그 생각을 하는 순간 세 마나오션에서 회전을 하고 있는 태극 문양에서 흑마력이 생생하게 느껴졌다. 흑마력 또한 음양의 기운에 녹아들어 있었다.

'얼마나 변했을까?'

상태창을 다시 한번 확인한 가온이 입을 떡 벌렸다.

'허억! 과연 1천만 포인트를 들인 보람이 있네!'

에너지 카테고리에는 엄청난 변화가 있었다.

마나가 대략 0.5배 늘었고 정령력, 재생력, 신성력, 뇌전력은 거의 두 배가 되었으며 흑마력은 네 배 이상 증가했다.

변화가 없는 것은 마력밖에 없었다.

'이게 음양신공의 영향일까?'

그건 아닌 것 같다. 상위 신공을 익혔다고 단번에 이렇게 큰 폭으로 에너지가 증가할 리는 없었다.

곰곰이 생각하던 가온은 그동안 파워드레인 스킬을 통해 흡수는 했지만, 오행신공으로는 자신의 것으로 만들지 못해서 마나오션이 아니라 뼈, 근육, 장기, 연골과 같은 부위에 소량으로 쌓여 있던 것들이 음양신공을 통해 자신의 것으로 변했다는 결론을 내렸다.

음양신공은 비단 에너지 부분에만 긍정적인 영향을 끼친 것이 아니었다.

스텟들 또한 큰 폭으로 증가한 상태였다. 대략 2할에서 3할 정도 늘어났다.

스텟의 경우 이제 더 이상 수련으로 증가시킬 수 없는 상황이기에 더욱 반가운 변화였다.

당장 마나를 사용하지 않고서도 날 수 있을 것처럼 몸이 가벼우면서도 힘이 넘쳐흐르는 것 같았다.

'과감하게 투자하길 잘했어!'

레벨이 오른 것은 아니지만 자신은 두 배 이상 강해진 것이나 다름없었다. 육체적인 능력도 크게 높아졌지만 사용할 수 있는 에너지의 총량이 그 정도로 늘었으니 말이다.

뿌듯한 마음으로 스킬창을 확인하니 오행신공이 음양신공을 바뀌어 있었는데, 놀랍게도 1레벨이 아니라 2레벨이다. 오행신공의 화후가 어느 정도 반영된 것이 틀림없었다.

덩달아 뇌전신공 역시 1레벨이 더 올랐다. 평소에 자주 연공하지 않는다는 점을 생각하면 아주 이례적인 일이다.

기분이 날아갈 것 같은 변화였지만 가온은 마음을 진정시켰다.

'아직 마력량이 낮아.'

만약 마력량이 지금의 두 배에 달한다면 뤼나웜을 더 빠르게 박멸할 수도 있다. 지금까지 확인한 바에 의하면 뤼나웜을 사냥하는 데는 검술보다 마법이 더욱 효과적이었다.

흥분을 진정시킨 가온은 청뇌 명상법에 이어 청류심법을 운공했다.

그런데 전혀 예상하지 못한 현상이 벌어졌다.

본래 청류심법은 호흡을 통해 들어온 대기 중의 마나를 마력으로 바꾸는 것인데 지금은 체내의 마나가 마력으로 바뀌는 것이 훨씬 많았다.

　'설마 음양신공으로도 흡수하지 못한 마나가 남아 있는 건가?'

　다시 청류심법을 운공하면서 심안 스킬로 자신의 내부를 관조하던 가온은 뜻밖의 현상을 발견했다.

　'헤롯으로부터 흡수해서 일차로 순화시킨 양기가 청류심법으로 인해 마력으로 바뀌는 거야!'

　분명히 음양신공을 연공할 때는 이런 현상이 없었다. 머리와 회음 그리고 성기 부분의 마나오션에 쌓아 둔 양기가 전혀 움직이지 않았다.

　'대체 무슨 차이지?'

　아무리 고민해도 그건 알 수가 없었다.

　'아무튼 내게는 좋은 현상이야.'

　생각을 정리한 가온은 본격적으로 청류심법에 집중했다.

　호흡을 통해 들어온 대기 중의 마나와 기존의 세 마나오션이 아닌 세 마나 저장소의 마나들이 심법에 이끌려 고유한 마나로드를 따라 이동해서 수직과 수평 상태로 교차하는 기이한 형태의 두 마나링을 두껍게 만들고 있었다.

　얼마나 시간이 지났을까.

　문득 가온은 심장 부위에서 엄청난 충만감을 느끼고 연공을 중단했다.

'두 번째 마나링이 완전해졌어!'

처음 만들 때 수직으로 돌고 있던 마나링과 달리 수평으로 도는 두 번째 마나링이 이젠 확연한 모습으로 첫 번째 마나링과 동조해서 회전하고 있었다.

하나는 수평으로, 그리고 다른 하나는 수직으로 돌고 있는 마나 링의 모습이 너무 신기해 보였다.

탄 차원의 서클 마법의 경우 마나 링이 늘어날 경우 이전의 것 외곽에 생성된다. 즉, 동심원이 밖으로 늘어나는 형식인 데 반해서 자신의 경우에는 하나는 수평이고 다른 하나는 수직으로 돌고 있으니 전혀 달랐다.

벼리에게 물어봤지만 그녀 역시 알지 못했고 리치도 신기해할 뿐 마땅한 답을 내놓지 못했다. 심지어 그가 읽었던 그 어떤 문서에서도 가온처럼 기이한 형태의 마나링과 비슷한 내용은 전혀 언급되지 않았다고 한다.

―어쩌면 고대 마법 이론에는 있을지 몰라요.

아직 연구조차 하지 못한 고대 유적지의 서적이 남아 있기 때문에 벼리는 거기에서 찾아보겠다고 했다.

'무리하지는 말고. 위험할까 싶어서 확인하려는 거니까.'

마법은 자신의 주력은 아니지만 그래도 신경이 쓰였다.

―위험하지는 않을 거예요. 아직 마법을 써 본 건 아니지만 굉장히 안정적인 구조거든요. 파넬 님도 그렇게 생각하는

것 같아요.

'그럼 다행이야.'

그렇게 벼리와 의념을 주고받던 가온은 순화시킨 양기를 저장하고 있던 세 저장소를 확인했다.

'1할 정도 줄어든 건가?'

청류 심법을 통해 마력으로 변환시킨 양이 그 정도밖에 안 된다.

가온은 마지막으로 상태창을 다시 확인해 봤다.

'오오!'

놀라운 결과가 보였다. 6만 4천 대에 불과했던 마력이 어 느새 10만을 넘긴 것이다.

'이건 기연이다!'

음양신공으로 인한 기연보다 이쪽이 더 놀라웠다.

'그럼 꾸준히 청류심법을 연공하면 세 마나 저장소에 쌓인 마나를 마력으로 바꿀 수 있겠구나.'

노력만 하면 얼마든지 마력을 올릴 수 있게 된 것이다.

그 생각을 하자 너무나 뿌듯했다. 마치 아공간에 황금을 잔뜩 쌓아 둔 것이나 다름없었다.

새삼 헤롯이 너무 고마웠다.

'정말 온천으로 찾아올지는 모르겠지만 온다면 고맙다는 말이라도 전해야겠어.'

자신이 헤롯의 목숨을 구해 준 건 사실이자만 가온은 그것과는 비교할 수도 없는 엄청난 것을 얻었다.

원래 헤트랑 공작의 방문을 피할 생각이었는데 마음이 바뀌었다.

'능력이 없는 것도 아니니 헤트랑 공작가에 문제가 있다면 하나 정도는 해결해 줘야겠네.'

그렇게 자신을 위한 투자에 성공한 가온은 어느새 해가 지고 있음을 깨달았다. 창문 밖이 어느새 어두워지고 있었다.

'시간이 많이 흘렀네.'

현실을 자각하는 순간 엄청난 악취가 느껴졌다.

'노폐물이 엄청 나왔네.'

더 높은 등급의 신공을 익힌 덕분인지 알게 모르게 쌓였던 노폐물이 배출되었는데 그래도 처음에 비해서는 양도 적고 악취도 덜했다.

가온은 욕실에서 말끔하게 몸을 씻은 후 카오스에게 몸을 말려 달라고 하면서 긴 머리를 묶었다.

그 후 속옷을 갈아입고 얇은 리자드맨 가죽 방어구를 입은 가온은 허리에 단검이 꽂힌 검대를 차고 그 위에 코트 형태의 방어구를 하나 더 입는 것으로 외출 준비를 끝낸다.

이 세계는 탄 차원처럼 많은 사람들이 이용하는 해시계나 물시계와 같은 것밖에 없었기 때문에 시간은 대충 알아서 챙겨야만 했다.

식당 안으로 들어가니 한쪽이 시끌시끌했다. 잠과 자브레가 그 중심에 있는 것을 보니 상행과 관련된 사람들이 도착한 모양이다.

"온 님, 어서 오십시오!"

사람들에게 뭔가 얘기를 하던 쟘이 달려와서 그를 자리로 이끌었다.

"다들 인사하십시오. 골드급 전사이신 온 님입니다."

안 그래도 가온 얘기를 하고 있었는지 그를 쳐다보는 사람들의 눈길이 아주 강렬했는데 경외감만 담겨 있을 뿐 질시나 의심과 같은 부정적인 감정은 거의 느껴지지 않았다.

그도 그럴 것이 뤼나웜으로 인해서 인간은 물론이고 마수와 몬스터 들까지 북쪽으로 대거 이동하는 바람에 상행은 아주 위험했고, 그렇기에 강자의 존재는 환영받을 수밖에 없었다.

"온 님, 반갑습니다. 저는 알파스라고 합니다. 실버급 전사입니다."

이 세계에서도 꽤 큰 편인 가온만큼이나 큰 키에 체구까지 건장한 장한이 자신을 소개했는데, 그의 양어깨 위에는 거대한 도끼머리가 자리하고 있었다.

외견상 가온보다 나이가 훨씬 많아 보이는 알파스지만 태도나 말투가 아주 공손한 것으로 보아 이 세계는 나이보다는 실력으로 예우를 하는 것 같아서 굳이 존대를 하지 않아도 될 것 같았다.

그 밖에도 여러 사람이 차례로 인사를 해 왔는데 마지막 사람의 인상이 가장 강렬했다.

"4급 마법사인 아레오라고 해요. 이런 곳에서 골드급 전사를 만날 수 있을 줄은 몰랐는데 안심이 되네요."

아레오는 서른 전후로 보였는데 오똑한 코와 혜지가 가득한 푸른 눈이 도드라지는 미인이었다.

'내 이상형에 가장 가까운 여인이다!'

사실 처음 본 순간 내심 크게 놀랐다. 앙헬을 통해 알게 된 자신의 이상형에 가까운 외모와 분위기를 가진 여인이 실제로 존재할 줄은 몰랐기 때문이다.

가온은 자신의 이상형이 다양한 매력을 동시에 가지고 있는 여인이라는 사실을 알고 있었다. 청순함과 요염함, 백치미와 지성미처럼 서로 반대이거나 다양한 매력을 가지고 있는 여인에게 마음이 끌렸다.

지금 생각해 보면 투하란이 그런 상반된 매력을 가지고 있었다. 국왕 대리로서 국정을 현명하게 이끌었던 카리스마와 위엄의 이면에는 사랑에 목말라 하는 뜨거운 열정과 한 남자에게 자신의 모든 것을 헌신하는 순수한 마음을 가지고 있었다.

또한 차갑고 도도해 보이는 외관과 달리 첫 관계에서도 극고의 쾌락을 경험할 정도로 뜨겁고 민감한 몸을 가지고 있었고, 성에 대한 왕성한 호기심과 적극성까지 가지고 있었다.

그래서 짧은 시간임에도 불구하고 가온이 푹 빠진 것이다.

그런데 그에 못지않은 여인이 나타났다. 사람들 사이에 앉아 있지만 그녀의 자리는 마치 섬처럼 고립된 것으로 보일 정도로 차갑고 냉랭한 분위기를 자아내고 있던 그녀가, 가온에게 자신을 소개하며 살짝 눈웃음을 짓자 그 모든 것이 거짓으로 변했다.

혜지가 가득한 눈빛을 통해 이지적인 여자라고 인지한 순간 호선을 그리는 눈가의 움직임이 그녀의 요염한 매력을, 그리고 붉은 입술의 움직임이 그녀가 가진 열정적이고 뜨거운 속내를 엿볼 수 있도록 만들었다.

"온이라고 하오. 반갑소."

가온은 순간 심하게 흔들리는 마음의 동요를 애써 가라앉히며 담담하게 인사를 했지만, 그는 자신의 목소리가 미세하게 떨린다는 사실을 인지했다.

그런데 자신만 그녀에게 강한 인상을 받은 것이 아닌 모양인지 그녀의 눈빛에서 투하란의 그것과 비슷한 감정이 표출되었다.

그런 아레오의 모습에서는 시선을 떼기가 어려울 정도로 요염한 매력이 강하게 흘러나왔다.

당장 그의 격렬한 동요를 감지한 벼리가 경고를 해 왔다.

-오빠, 뭔가 이상한 여자니까 조심하세요.

듣고 보니 이상하긴 했다. 외모나 몸짓 그리고 말투에서 색기가 느껴지는 것도 아닌데 이런 기분이 들다니 정말 이상했다.

─참 마법이에요.

참 마법이라면 상대방에게 호감을 주는 효과가 있어서 여성 마법사들이 많이 익힌다.

하지만 이상한 것이 있다. 마법 특유의 마나 유동을 전혀 느끼지 못했다.

─아니구나. 참 마법과 동일한 효과의 어떤 능력을 발휘하고 있어요. 아마 본능적인 것 같아요.

태생적으로 상대에게 호감을 주는 능력을 타고난 여성 마법사라니 신기했지만 보아하니 그 대상이 자신에게만 한정되는 것 같아서 기분이 좋아졌다.

'아무튼 재미있겠네.'

4급 마법사라고 소개하기에 무의식중에 4서클이라고 생각했는데, 마나를 살짝 방출해서 확인했더니 마나링이 하나밖에 없었다.

'이상하네. 아니지. 이곳에서는 다른 식으로 마법을 구현할 수도 있겠네.'

탄 차원으로 건너간 플레이어들도 마나링이 하나뿐이고, 이 세계의 마법 체계를 모르니 평가는 유보해야만 했다.

마법사는 있지만 매직 아이템이 발달하지 못했다는 사실만으로도 이곳의 마법이 탄 차원과 많이 다를 거라는 예상을 충분히 할 수 있었다.

그런데 남자로서 더 기분이 좋았던 건 아레오가 자신과 다른 사람들을 대할 때 태도나 얼굴이 너무 다르다는 점이었다. 그를 볼 때는 반달을 그리며 웃던 푸른 눈이 다른 이들을 볼 때는 차가운 바닷물 같았던 것이다.

'혹시 나한테 반한 건 아니겠지?'

그래서 그런지 자꾸 시선이 간다.

그런 생각을 하는 동안 음식이 나오기 시작해서 잠시 대화가 끊겼다.

'상인은 쟘을 포함해서 다섯 명이고 호위는 총 열두 명이군.'

얘기 중에 이 자리에는 없지만 상인들이 원래 고용한 호위들이 대부분 아이언급이기는 하지만 합하면 스무 명이나 된다고 했으니 어떻게 생각하면 적당한 인원이었다.

가온을 제외한 호위 전력은 4급 마법사 한 명, 실버급 전사 두 명, 아이언급 전사 세 명 그리고 나머지 여섯 명은 브론즈급 전사였다.

처음 만나는 이들이 대다수였지만 자리의 분위기는 생각보다 좋았다. 이전에 따로 어울린 것 같지도 않은데 다들 서로를 대하는 것에 격식도 없었고 거리감도 느껴지지 않았다.

"온 님이 합류한 덕분에 한시름 놓았으니 술이나 한잔 곁들이면 최고일 텐데 많이 아쉽네."

"그러게 말이야. 이제 술의 무게가 금의 무게만큼이나 비싸졌으니 어쩔 수 없지."

"식량이 없어서 죽어 가는 사람들을 생각하면 할 소리는 아니지만 벌써 술을 마신 지 6개월이 넘었소. 제기랄!"

"다들 갹출해서 감자술이라도 한 잔씩 할까?"

"아서게. 감자술이라도 한 병에 3금이나 되는데 아까워서 어떻게 먹겠나."

다들 술이 너무 간절한 얼굴이다. 심지어 마법사인 아레오까지 입맛을 다셨다.

가온은 잠시 양해를 구한 후 자신의 방으로 올라왔다가 아공간에서 맥주 한 통을 꺼냈다.

'사람이 많아서 두 잔 정도씩밖에 안 돌아가겠지만 갈증은 어느 정도 해갈할 수 있겠지.'

큰 통을 꺼낼까도 싶었지만 술값이 엄청난 만큼 출처를 의심하거나 과도한 친절로 보일 수도 있었다.

"와아아!"

"맥주다!"

가온이 들고 온 맥주통에서 흘러나오는 맥주 특유의 향을 맡은 상인들과 호위들의 입에서는 일제히 환호성이 튀어나왔다.

"많지는 않지만 한 잔씩들 합시다."

"최고입니다!"

"존경합니다!"

"저는 경외합니다!"

정말 반응이 열렬했다.

거기에 아레오가 맥주통에 아이스 마법까지 걸자 사람들은 정말 제대로 된 맥주의 진미를 맛볼 수 있었다.

"이거 이번 상행, 정말 느낌이 좋군요."

"그러니까 내가 며칠만 더 기다려 보자고 했잖아."

시원하게 맥주 한 잔을 스트레이트로 마신 쟘과 자브레의 얼굴에는 더할 수 없는 만족감이 묻어 나왔다.

역시 생각했던 대로 맥주 작은 통 하나로는 부족했다. 가온은 두 번이나 더 자신의 방을 오가야만 했다.

굳이 이런 호의를 베푼 목적은 어느 정도 달성했다. 함께 술을 마시면서 가장 알고 싶었던 뤼나웜에 대한 자세한 정보를 얻을 수 있었다.

이 세계는 라트론이라고 불린다. 이곳의 고대어로 큰 공이라는 뜻이라고 했다.

세 개의 대륙으로 이루어진 라트론은 몇 번에 걸쳐 다양한 문명이 명멸했으며 현대는 전사의 시대라고 불린다. 마법사도 있지만 극히 희귀한 존재라서 세상에 큰 영향을 미칠 정도는 아니라고 했다.

세 대륙 중 두 대륙은 헤엄쳐서 건너갈 수 있을 정도로 가까워서 한 대륙으로 인식하는 이들이 많다고 했다.

사람들은 주로 두 대륙의 북반구와 남반구의 중위도에 거주하는데, 이곳은 북반구에 해당한다.

나머지 한 대륙은 거대한 섬으로 화산이 수시로 폭발하는 곳이라서 인간은 살지 않는다고 했다.

북반구에는 총 열두 개의 나라가 존재하는데 제국이 세 개이고 나머지는 왕국으로 왕국들은 세 제국과 밀접한 관계가 있다고 했다.

또한 세 개의 제국은 서로 으르렁거리지만 전쟁은 오래전에 끝났다고 했다.

지금은 평화의 시기로 영지전을 제외하면 백 년 이상 전쟁이 없어 상업과 가내수공업이 발달하면서 국가와 상인 그리고 장인 들은 막대한 부를 쌓아 기존의 전사 계급과 동등한 위치까지 올라왔다.

뤼나웜이 출현한 것은 대략 10년 전으로 이미 30여 년 전에 이곳에도 던전이 나타났다.

당연히 제국과 왕국 들은 전사와 마법사를 동원해서 던전을 공략했고, 그 과정에서 나온 마정석은 정체되었던 이 세상의 문명을 새로운 단계로 이끌고 있었다.

마정석을 활용한 마도구나 아이템 들이 나타나기 시작한 것이다. 불안정한 상태의 마정석을 안정시키는 가공 과정이 10년 전에야 개발된 것이다.

가온은 이보다는 뤼나웜에 대한 정보에 집중했다.

처음에는 누구도 뤼나웜의 출현을 알아차리지 못했다.

그런데 한 모험가 그룹이 던전을 찾아서 적도 근처를 탐험하다가 그 어떤 생명체도 존재하지 않는 거대한 황무지를 발견했다.

그 그룹에는 나이가 많은 노련한 모험가도 포함이 되었는데 그는 이전에도 그곳을 몇 번이나 여행한 이력이 있었다. 그렇기에 그곳이 원래부터 황무지가 아니라 울창한 밀림이었다는 사실을 잘 알고 있었다.

동료들의 채근에 던전을 찾아 다른 곳으로 이동했던 그 모험가는 3년 후 다시 그 지역을 우연히 방문하게 되었는데 황무지가 엄청나게 확장되었다는 사실을 발견했다. 3년 전에 비해서 거의 30배가 더 넓어진 것이다.

모험가는 본국으로 귀환해서 그 사실을 알렸고 로텀 왕국은 조사대를 파견했다. 로텀 왕국이 황무지와 가장 가까웠고 모험가 그룹도 그곳 출신이었다.

조사대는 황무지를 조사하던 중 숙영을 하다가 새벽녘에 모종의 괴물들에게 습격을 받았고 막대한 피해를 입은 후에야 괴물의 정체를 확인할 수 있었다.

그것이 바로 뤼나웜의 원형이었다.

조사대에는 마법사와 전사 들도 포함이 되어 있었지만, 뤼나웜은 알람 마법에도 걸리지 않아 숙영지 안으로 이동해서 기습을 가하는 바람에 많은 사망자가 발생했다.

해가 뜨자 뤄나웜 대다수는 거짓말처럼 사라졌지만 절단된 놈들 중에 살아 있는 것들이 몇 마리가 있었다.

처음에는 마수화된 그린웜이라는 사실을 알아차리지 못했다.

크기는 물론이고 환형동물에는 없는 단단하고 큰 턱과 날카로운 이빨을 가지고 있었기 때문이었다.

무엇보다 던전에서 발견되는 마수나 몬스터 그리고 마수화된 다른 생물체와 달리 놈들은 마정석을 지니고 있지 않았다.

당연히 마법사들이 놈들을 해부하는 등 조사를 했고 이 거대한 지렁이가 그린웜이 던전의 마기에 영향을 받아서 변이를 일으켰다는 가설을 주장했고 시간이 흐르면서 정설로 인정을 받았다.

이유가 있었다. 이전에는 그 누구도 본 적도 없고 그 어떤 문헌이나 구전되는 이야기에도 언급되지 않았던 새로운 괴물이었다. 게다가 미세한 마정석을 지니고 있다는 사실이 알려진 것이다.

그 사실이 밝혀졌을 때 로텀 왕국은 대대적인 토벌을 해야만 했지만 새로운 에너지원 혹은 아이템 구동원으로 효율이 굉장히 높은 미세 마정석 때문에 극비리에 관리를 하기로 결정을 했다.

사실 뤄나웜은 브론즈급 전사라도 발아래만 조심한다면

충분히 사냥할 수 있었다. 하나의 개체는 그다지 위험하지 않았기 때문이다.

그래서 로팀 왕국은 국가 차원에서 뤼나웜에 대한 정보를 비밀리에 관리했고 개체 수가 줄어들까 봐 해당 구역을 금지로 정하는 등의 조치를 취했다.

그건 나중에 밝혀졌지만 우매한 짓이었다.

국가에서 파견된 전사와 마법사 들이 사냥을 하기 시작하자 뤼나웜은 더 이상 북쪽으로 확장을 하지 못했기에 전력을 낮게 판단한 것도 있었다.

그런데 5년 후, 뤼나웜의 개체 수가 폭발적으로 증가해 버렸다. 북쪽이 일단 막히자 무리가 남쪽으로 대대적으로 이동해서 바다와 만나는 곳까지 모조리 황폐화시키고 먹이를 찾아 다시 북쪽으로 올라온 것이다.

숫자를 엄청나게 불린 뤼나웜은 풀뿌리부터 시작해서 땅을 기반으로 살아가는 모든 생물을 잡아먹기 시작하면서 땅을 황폐화시켰다.

이슬이 내리는 새벽은 물론 대낮에도 잠깐이지만 땅 밖으로 뛰어오를 수 있는 능력까지 생겨서 이제 전사들도 쉽게 놈들을 처리하기가 힘들어졌다. 오히려 집중 공격을 받아서 사망하는 경우가 빈발했다.

마법도 큰 소용이 없었다. 공격 마법을 익힌 전투 마법사의 숫자도 많지 않았거니와 주로 땅속에서 생활하고 이동하는 놈들을 상대로 효과적인 마법은 기껏해야 땅을 흔들어서 놈들이 밖으로 나오게 하거나 어스스피어를 시전해서 흙 창으로 놈들의 동체를 꿰뚫어 한동안 움직이지 못하게 막는 것뿐이었다.

한 달에 한 번 100개 정도의 알을 낳는 뤼나웜은 그야말로 무시무시한 기세로 숫자를 불렸고 하루에 황폐화시키는 면적이 비상식적으로 늘어났다.

결국 미세 마정석을 이용한 다양한 아이템 생산으로 번영을 구가하던 로팀 왕국은 뤼나웜이 코앞에 닥쳐서야 사태의 심각성을 알아차렸다. 하필 로팀 왕국의 수도가 남쪽에 있었던 것이다.

로팀 왕국은 부랴부랴 전국의 전사와 마법사를 소집해서 토벌을 진행했다.

하지만 토벌은 실패로 돌아갔다.

일단 땅속에 있는 놈들을 효과적으로 죽이는 것이 어려웠다. 기껏해야 마법사들이 땅을 뒤흔들어 놈들이 밖으로 튀어나오면 전사들이 마나를 주입한 검이나 칼로 놈들을 난도질해서 죽이는 방식밖에 없었던 것이다.

하지만 반격은 훨씬 더 강력했다. 이슬이 내리는 새벽이면 지상으로 올라와서 왕성하게 활동하는 뤼나웜은 숙영지 바로 바닥에서 솟아 나와 기습을 가했고, 어둠 속에서 사물을 제대로 보지 못하는 인간들은 속절없이 놈들에게 당한 것이다.

　몇 번이나 대규모 토벌단이 막대한 피해를 입게 되자 로팀 왕국은 수도를 버리고 여러 방향으로 피난을 떠났는데, 지대가 높은 북쪽이 아니라 평탄한 동쪽이나 서쪽으로 피난 가던 이들은 무서운 기세로 이동하는 뤼나웜의 먹이가 되어 버렸다.

　대부분의 국가는 중위도의 평탄지에 자리를 잡고 있었고 뤼나웜의 이동 속도는 무시무시했기에 채 반년도 지나지 않아서 여덟 개의 국가가 무너졌다. 그중에는 제국도 둘이나 포함되었다.

　뤼나웜은 마치 거대한 해일처럼 단단한 암반이나 금속을 제외하고는 모조리 먹어 치우며 영역을 확장했다.

　사람들은 곧 라트론이 멸망할 거라고 절망했는데 마법사들이 중요한 사실 몇 가지를 알아냈다.

　일단 뤼나웜은 추위에 약해서 일정 위도 이상으로 올라오지 못하며, 땡볕에는 금방 말라 죽는다는 것, 돌이 많은 산과 같은 지형은 이동에 굉장히 오랜 시간이 걸린다는 사실 등이었다.

　살아남은 사람들은 다투어 높은 산악지대나 추운 북쪽으로 향했고 과연 마법사들의 말대로 뤼나웜은 일정 지역 이상으로 북진을 하지 못했다.

　사람들은 그저 살아남았음을 다행으로 생각하면서 감히

뤼나웜을 토벌할 엄두도 내지 못했다. 놈들은 땅속에서 활동하기 때문에 마법사와 조합을 이루지 않는 이상 골드급 전사도 효과적으로 사냥할 수 없다는 사실 때문이었다.

피난민들이 북쪽 국가들로 몰리자 주로 산악 지대에 위치한 해당 국가들은 식량 문제부터 시작해서 주거 문제 등으로 골치를 앓았다.

게다가 뤼나웜을 피해 북쪽으로 도망친 건 인간만이 아니었다. 수없이 많은 동물들과 마수 그리고 몬스터 들도 북쪽으로 도망쳤기 때문에 중위도의 산악 지역은 동물의 밀도가 이전의 열 배 이상이 되어 버렸다.

당연히 인간이 만든 유통망은 심각한 위협을 받았고 몇 안 남은 국가들도 존재가 유명무실해졌다.

도시나 성 들은 모든 역량을 동원해서 각자도생을 하게 되었고, 그만큼 상행의 중요성이 높아졌다. 오가는 길이 위험한 만큼 인적 물적 유통량이 크게 감소한 것이다.

예전에도 상행은 위험했지만 지금은 그때와 비교할 수 없을 정도로 위험도가 증가한 상황이라서 가온과 같은 강자가 합류하자 분위기가 아주 좋아진 것이다.

'이번 상행에 동행하면서 뤼나웜을 박멸할 방법을 고민해 보자.'

벼리에게도, 리치인 파넬에게도 얘기를 해 두었으니 좋은 방법이 나올 거라고 믿었다.

출발

다음 날 새벽, 일찌감치 간단하게 빵과 스튜로 식사를 한 상행은 성을 빠져나갔다.

상행은 화물칸이 긴 2두 마차 열 대와 호위 서른세 명으로 이루어졌다. 상인과 직원이 각각 한 명씩이고 마부 열 명까지 합하면 쉰 명에 넘는 인원이었다.

상행은 천천히 움직였다. 사람이 걷는 것과 비슷한 속도였다.

"움직임이 좀 굼뜨지요?"

처음 만났을 때부터 호감을 드러내던 알파스라는 실버급 전사가 옆에 붙으며 말을 걸었다.

"그런 건가? 잘 모르겠소."

"하하하. 그럴 줄 알았습니다. 수련 때문에 오래 폐관을 하셨는지 현재의 세상 물정을 잘 모르시는 것 같더라고요."

"혹시 실례가 되지 않는다면 어느 유파인지 말씀해 주실 수 있겠습니까?"

알파스에 이어 주론이라는 실버급 전사가 다른 쪽 옆에 따라붙으며 물었다.

"철월검류라고 하는데 들은 적은 없을 거요."

"음. 확실히 들어 본 적은 없습니다만 이름이 아주 멋지군요. 대단한 검술일 것 같습니다."

주론은 전투 도끼를, 그것도 두 자루를 쓰는 알파스와 달리 전형적인 검사였다. 그렇기에 같은 검사로 보이는 가온에게 더 호감을 가지는 것 같았다.

"이런 경험이 많다면 가는 도중에 어떤 마수와 몬스터를 만나게 될지 말해 주시오."

"예전에는 사실 마수나 몬스터보다 도적이 더 두려웠습니다. 고개마다 거의 한 무리씩 포진하고 있거든요. 만만치 않아 보이면 안 건드리고 만만하다 싶으면 기습을 하지요. 물론 그래 봐야 잡것들에 불과하지만, 간혹 탈영한 정예병 무리나 범죄를 저지르고 도망친 전사들이 이끄는 무리는 조심해야 했습니다."

"원래 이쪽 지방은 사냥이나 광산을 제외하고는 큰 돈벌이가 없어서 도적은 별로 없었습니다. 그래서 샤벨타이거나 레오파드처럼 단독 혹은 서너 마리가 무리를 지은 마수만 조심하면 되었지요. 산악 지대라서 먹을 것이 많지 않거든요. 그런데 사정이 좀 바뀌었습니다."

"뤼나웜 때문이군."

"그렇습니다. 주로 초원이나 평야에 많이 서식하던 고블린이나 놀, 코볼트, 오크 등 정말 다양한 몬스터들이 나타났고, 최근에는 오우거와 드레이크도 출현했다는 소문도 있습니다. 뤼나웜 때문에 많은 수의 초식동물들이 북쪽, 그리고 산악 지대로 도망을 쳤고 마수나 몬스터 들도 함께 이동한 거지요."

한마디로 길이 엄청나게 위험해졌다는 뜻이다.

"그래도 상행의 이익이 크게 증가했기 때문에 이전에는 제 등급의 경우 금편 20개를 받았는데 이젠 두 배를 받게 되었으니 우리와 같은 이들의 사정은 그리 나쁠 건 없습니다."

"이 친구야, 그동안 식량이나 무기 가격이 너무 올라서 그게 그거라고."

알파스의 말에 주론이 타박을 했다.

"그래도 우리와 같은 전사들에 대한 수요는 크게 늘었잖아. 대접도 잘해 주고."

"뭐 위상이 좀 올라간 것은 사실이지만 그만큼 위험해졌다고."

대화를 들어 보니 알파스는 좀 낙관적인 성격인 모양이고 주론은 현실적인 성격인 것 같았다.

그때 묵묵히 뒤를 따라오던 아레오가 종종걸음으로 따라붙었다.

"온 님."

"얘기하시오."

"혹시 정확한 단계를 알 수 있을까요?"

"에이. 순식간에 검기를 생성시키셨다면 중급이겠지."

알파스의 말을 들어 보니 같은 등급에도 단계를 나누는 모양인데, 가온의 외양으로 보아 그 정도가 한계라고 생각하는 것 같다.

"그건 왜 물으시오?"

"기분 나쁘게 하려는 의도는 아니었어요. 다만 동료이니 정확한 실력을 알고 있어야 할 것 같아서요."

한 번은 이렇게 실력을 내보여야 할 거라고 예상했었기에 오히려 반가운 제안이다.

가온은 대답 대신 단검을 뽑아서 순식간에 검기를 만들어 냈는데 검신이 팔뚝 길이만큼 늘어난 것처럼 보였다.

"어, 어! 상, 상급이십니까?"

알파스는 물론 주론과 아레오도 경악했다.

"골드 상급이라니! 정말 대단하네요! 사실 온 님의 외모가 너무 젊어 보여서 쟘이 과장을 한다고 생각했거든요."

"그럼 레비야를 데리고 가도 되겠네요. 그럼 앞으로 잘 부

예지몽으로
히든랭커

탁드릴게요."

그렇게 말하더니 다시 뒤로 물러나는 아레오.

대체 무슨 소리를 하는 건지 모르겠지만 알파스와 주론이 놀라서 지른 소리에 호위들이며 상단과 관련된 이들까지 아직 온이 유지하고 있는 검기를 목격하고 입을 다물지 못했다.

"요즘 출몰하는 마수와 몬스터들이 엄청 늘었다고 해서 내심 걱정했는데 이렇게 온 님이 계시니 든든합니다!"

"잘 부탁드리겠습니다!"

알파스와 주론뿐 아니라 다른 사람들도 모두 가온을 향해 경외심이 가득한 눈으로 고개를 깊이 숙여 보였다.

"정지!"

고개로 이어지는 약간 가파른 비탈길을 100여 미터 앞둔 가온이 나직하면서도 모두 들을 수 있는 힘이 실린 경고음을 냈다.

호위 숫자가 충분하지 않아서인지 정찰에 특화된 전사가 없어서 그런지 쟘이 이끄는 상행은 따로 정찰조를 운용하지 않았기 때문에 가온은 카오스로 하여금 정찰을 부탁했는데 그 결과가 벌써 나온 것이다.

마차들은 그 자리에 섰고 호위들은 본능적으로 주위를 매서운 눈으로 훑어보았다.

"온 님, 무슨 일입니까?"

당장 상행의 선두 마차에 타고 있던 쟘이 달려와 물었다. 가온은 다섯 번째 마차 위에 앉아 있는 중이었다.

"전면의 비탈길 양쪽 덤불에 고블린들이 숨어 있소. 숫자는 대략 200마리. 대부분 조악한 목창을 들고 있고 독침 대롱을 가진 놈들도 스무 마리 정도 되오."

카오스가 파악한 정보였다.

"그, 그걸 어떻게? 아니. 그럼 어떻게 할까요?"

쟘은 가온이 어떻게 그 사실을 알았는지 궁금했지만 지금은 그게 중요한 게 아니었다.

정찰 방법은 알 수 없지만 결과는 확실했다. 출발한 이래 자잘한 위험이기는 하지만 가온이 말한 것은 한 번도 틀린 적이 없었기 때문이다.

"누가 호위대를 지휘하기로 했소?"

"알파스 전사이긴 한데……."

원래 알파스가 호위들을 지휘하기로 했는데 강자인 가온으로 인해서 상황이 애매해진 모양이다.

"알파스!"

"네, 온 님."

후위를 맡은 주론과 달리 선두와 중간으로 오가며 호위들을 챙기던 알파스가 달려왔다.

"내가 한 말은 들었소?"

"네. 어떻게 할까요?"

"그걸 나한테 물으면 어떡하오, 그대가 호위대장이라면서?"

"그렇긴 한데 관례가……."

눈치를 보아하니 이런 상황에서는 가장 강한 자가 무리를 지휘하는 모양이다.

"좋소. 내가 지휘하지."

"네!"

상황을 지켜보던 사람들이 일제히 고개를 끄덕였다. 가온의 능력을 확인했기에 빠르게 받아들인 것이다.

"챰, 다른 길은 없소?"

"있기는 하지만 많이 돌아가야 합니다. 고개 너머의 타일 마을에 전해 줄 물건도 있고요."

그렇다면 전투는 어쩔 수 없이 감당해야만 했다.

"챰, 혹시 여유분의 활이나 쇠뇌가 있소?"

"활은 없고 석궁은 있습니다. 마부들까지 모두 무장할 정도는 됩니다."

다행이다. 이런 위험한 상황에서 상행을 나갈 생각을 했다면 조금만 연습을 하면 사용할 수 있는 석궁을 준비하는 것이 필수적이긴 했다.

"잘됐소. 고블린들이 육안으로 이쪽을 지켜보고 있을 테니 일단 비탈길 앞까지 천천히 이동하면서 은밀하게 모두에게 석궁을 나눠 주시오. 볼트는 1인당 한 발이면 될 거요."

석궁은 쉽게 사용할 수 있으며 효과도 높지만 단점이 하나 있다. 숙련자가 아닌 경우 장전에 많은 시간이 걸린다는 점이다.

"그렇게 하겠습니다."

"비탈길 앞에 도착하는 순간 아레오는 한쪽 덤불에 가장 강력한 마법을 날리시오. 저멜과 올렌이 방패로 아레오를 보호하시오. 그리고 아레오가 마법을 날리면 나머지 호위들은 마차 행렬 앞으로 신속하게 움직여서 대기하다가 놈들이 튀어나오는 순간을 노려서 정확하게 볼트를 발사하시오. 그 이후에는 각자의 기량으로 놈들을 처리하면 될 거요."

"독침을 가진 놈들을 어떻게 할 생각이신가요?"

어느새 마차 바로 옆까지 온 아레오가 물었다.

"그놈들은 내가 알아서 하리다."

"……네."

아레오는 아까 분명히 가온이 독침 대롱을 가진 놈들이 스무 마리 정도라고 말한 것을 기억했다.

어떻게 혼자 해치운다는 건지 이해가 잘 안 됐지만 100여 미터 밖에서 고블린들이 매복하고 있다는 것을 알아낸 것 역시 이해할 수 없는 일이니, 일단 따르겠다고 대답할 수밖에 없었다.

어쨌든 다들 이런 상황을 꽤 겪었는지 두려워하는 모습은 보였지만 명령대로 빠릿빠릿하게 움직였다.

마차의 행렬은 마치 비탈길을 앞두고 잠시 쉬려는 것처럼 멈추었다.

비탈길의 초입에서 중간까지는 양옆에 사람 키를 훌쩍 넘는 덤불이 숲을 이루고 있었는데 규모가 꽤 커서 그 부근에는 나무를 찾아보기가 힘들었다.

행렬이 멈추자 재빨리 선두 쪽으로 나온 아레오는 전신을 가릴 정도로 큰 방패를 가진 두 전사의 뒤에서 주문을 영창했다.

얼마 후 그녀가 만들어 낸 주먹 크기의 불덩어리가 비탈길의 오른편을 향해 날아갔다. 파이어볼이었다.

쾅!

강력한 폭발음과 함께 불길이 확 치솟아 올랐다.

"끼에에액!"

몸에 불이 붙은 고블린 다섯 마리가 화염에 휩싸여 불길이 퍼지고 있는 덤불에서 튀어나왔다.

일단 그렇게 몇 마리가 튀어나오자 다른 고블린들은 더 이상 몸을 감출 필요가 없다는 것을 알았는지 일제히 덤불 밖으로 모습을 드러내더니 일제히 비탈길 아래로 달려오기 시작했다.

어느새 첫 번째 마차 위에 올라선 가온이 명령을 내렸다.

"1조 발사!"

여기까지 오면서 가온은 아레오와 두 호위를 제외한 상행의 모든 인원을 열 명씩 묶었다. 비탈길이 마차 한 대가 넉넉하게 지날 정도의 폭을 가졌다는 것을 확인하고 난 다음이다.

비탈길 양쪽의 덤불은 크기도 하지만 기습을 하려는 놈들이 비탈길 쪽이 아닌 바깥쪽으로 움직일 이유는 전혀 없었다. 오직 덤불 사이의 비탈길만 노리면 되는 것이다.

상인, 마부, 호위들이 적절하게 섞인 1조가 비탈길을 달려 내려오는 고블린들을 향해 볼트를 발사했다.

퓩! 퓩! 퓩! 퓩!

거리는 좀 멀었지만 목표가 워낙 많아서 빗나간 볼트는 없었다. 단지 치명상을 입힌 것은 한 발밖에 없었지만.

덕분에 뒤따라 내려오던 놈들이 쓰러져 발버둥 치는 동족에 걸려서 연쇄적으로 무너지고 있었다.

"2조! 서 있는 놈들만 쏴!"

그렇게 명령을 내리는 가온의 손에는 활이 들려 있었다.

슈욱! 슈욱! 슈욱!

쉴 새 없이 날아가는 화살은 대가 나무가 아닌 강철이었다. 그리고 그 강철 화살들은 입에 대롱을 물고 있는 고블린들과 명령을 내리는 놈들만 정확하게 노렸다.

그런데 가온은 화살만 쏘는 것이 아니었다. 쉴 새 없이 명령을 내리고 있었다.

마치 눈이 네 개라도 되는 것처럼 전체적인 상황을 확인하고 있다는 얘기였다.

전력을 다해서 만든 파이어볼을 날린 후 들끓어 오르던 마력을 안정시킨 아레오는 전황을 확인하고 가온을 이해할 수 없는 눈으로 쳐다봤다.

'대체 정체가 뭐지?'

애초에 삼백 보가 넘게 떨어져 있는 비탈길 양쪽의 무성한 덤불에 숨어 있는 고블린들을 어떤 방법으로 발견했는지부터 이해가 가질 않았지만, 지금처럼 화살로 정확하게 목표를 격중시키면서도 동시에 전황을 파악하고 꼭 필요한 지시를 내리는지도 이해할 수 없었다.

아레오가 그런 생각을 할 때 5조까지 모두 볼트를 날렸다.

"1조와 2조 호위들 앞으로!"

검이나 도끼 등을 무기를 들고 있는 1조와 2조는 상체를 가릴 수 있는 크기의 방패를 한쪽 손에 들거나 차고 있었다.

"확인 사살을 하면서 전진!"

물론 그렇게 명령을 내리면서도 그의 활은 연신 화살을 날리고 있었다.

"3조와 4조는 그 뒤에 붙어 올라가면서 놈들의 목창을 수

거해서 투창한다!"

비탈길이기 때문에 1조와 2조 호위들의 머리 위로 보이는 고블린들을 향해 창을 던지는 것이 가능하다.

"5조, 고블린 무리의 뒤쪽으로 화살과 볼트를 날려!"

5조는 활이나 쇠뇌를 비교적 잘 다루는 호위들이 포함되어 있었다.

각 조의 호위들은 명령받은 대로 자신의 임무를 수행했다.

'원래 국가에 소속된 전사였나?'

상행 호위 경험이 꽤 많은 아레오는 마치 군대를 다루는 것 같은 가온의 지휘 방식에 놀랐다.

어쨌거나 고블린들은 마치 톱니바퀴처럼 정교하게 돌아가는 호위들의 공격에 제대로 된 공격 한번 해 보지 못하고 속수무책으로 쓰러지고 있었다.

방패를 든 열두 명이 어깨를 붙일 정도로 나란히 서서 비탈길을 올라가면서 죽지 않은 고블린들의 숨통을 끊으면, 뒤따르는 열두 명이 조악한 고블린의 목창을 챙기기 무섭게 놈들을 향해 창을 던졌다.

그리고 그들 위로 포물선을 그리며 날아가는 화살들은 예기치 않은 상황에 놀라 어쩔 줄 모르는 뒤쪽 고블린들의 몸에 꽂혔다.

그 모습을 놀란 눈으로 지켜보던 아레오는 문득 더 놀라운 사실을 깨달았다.

히든랭커

'그러고 보니 독 대롱을 물고 있는 고블린이 하나도 보이지 않아!'

스무 마리에 달하는 놈들을 모조리 가온이 처리한 것이다. 명령을 내리면서 날린 화살로 말이다.

'게다가 고블린을 이끄는 전사들이 하나도 보이지 않아.'

그래서 고블린 무리가 더 빠르게 무너지는 것이다. 아무도 제대로 된 명령을 내리지 않으니 고블린들이 속수무책으로 당한 것이다.

그렇게 순식간에 고블린의 절반 이상을 처리했을 때 남은 놈들이 양옆의 덤불을 향해 뛰어들었다. 도망치려는 것이다.

'벌써 상황 끝이네!'

자신의 경우 마법 한 방을 날린 것이 고작인데 이미 상황은 끝나 간다.

'생각보다 훨씬 더 대단한 강자네. 상행에 합류하길 잘했어.'

마법사가 된 후, 아니 그 이전까지 포함해서 이렇게 강렬한 인상과 매력을 가진 남자를 만난 건 처음이다.

가온을 쳐다보는 아레오의 눈은 동료가 아닌 이성으로서의 감정이 짙게 떠올랐다.

얼마 후 확인 사살을 겸해서 전장을 정리하던 사람들은 깜짝 놀랐다. 개개인의 입장에서 보면 큰 힘을 쓴 것도 아닌데 그 짧은 시간에 고블린을 무려 135마리나 사냥한 것이다.

다들 얼떨떨했다.

50여 명에 불과한 적은 인원으로 부상자 하나 없이 이렇게 쉽고 빠르게 200마리나 되는 고블린 무리를 정리할 수 있을 줄은 몰랐기 때문이다.

당연히 쑤군거리는 사람들의 얼굴에는 가온에 대한 깊은 경외심이 떠올라 있었다.

"아무래도 온 님은 전문적으로 마수나 몬스터를 사냥하는 부대를 이끌었던 상급 전사인 것 같아."

"내 생각도 같아. 우리처럼 제대로 무기술을 배우지 않은 이들까지 노련하게 지휘해서 이렇게 대단한 전과를 만들어 냈잖아."

"맞아. 마치 우리가 정예병이 된 것처럼 움직였어. 크게 위험하다는 생각도 들지 않았고."

"대체 어느 가문 출신이기에 저 젊은 나이에 골드 상급 실력에 이렇게 놀라운 지휘 능력을 가지고 있는 걸까?"

"지휘 능력도 대단하지만 난 활 솜씨에 놀랐어. 독 대롱을 가진 놈들은 하나같이 이마에 강철 화살이 박혀 있더라고."

"그놈들뿐이 아니야. 처음부터 전사급은 아예 안 보이더라고. 그런데 정리를 하다 보니 그런 놈들은 모두 화살에 죽어 있더라고."

덕분에 고블린 사체에서 마정석을 적출하는 사람들은 힘

든 줄도 몰랐다.

큰 가치도 없는 가죽은 굳이 도축하지 않기로 했다. 지금
과 같은 상황에서는 대충 치우고 차라리 길을 재촉하는 편이
나았기 때문이다.

가온은 쟘이 챙겨 온 하급 마정석 여섯 개와 최하급 마정
석 52개를 받았다. 전리품의 경우 호위를 맡은 전사들이 챙
기는 것이 관례라고 했다.

가온은 쟘을 비롯한 상인들에게 마정석들을 주고 금편과
은편으로 받아서 마부를 포함한 모든 사람에게 골고루 나눠
주었다. 모두가 고생했으니 보상을 받을 권리가 있다고 생각
한 것이다.

그런데 그런 행사에 사람들은 기분이 좋으면서도 내심 많
이 놀랐다.

아무리 명예로운 전사라고 할지라도 호위에 합류한 전사
가 자신의 몫을 포기하고 마부까지 전리품을 나눠 주는 경우
는 보지 못했기 때문이다.

그 때문에 사람들은 가온이 돈 걱정을 할 필요가 전혀 없
는 고위 귀족가 출신으로, 최소한 몇 년 이상은 대규모 부대
를 지휘하던 상급 전사라고 확신했다.

아직 검술은 보지 못했지만 궁술만 보더라도 대단한 능력
을 가진 것이 확실했기에 사람들의 사기는 크게 올라갔다.
이런 강자의 지휘를 받으면 안전하게 상행을 마칠 수 있겠다

는 확신이 든 것이다.

그날 오후, 상행은 꽤 큰 규모의 마을에 도착했다.

타일이라는 이름의 마을에는 잡화점을 포함한 다양한 가게들은 물론 꽤 큰 여관들이 몇 개나 있을 정도로 규모가 컸다.

가온이 마을 중앙으로 향하는 넓은 길의 양편에 이어진 가게들에 관심을 보이자 아레오가 자연스럽게 따라붙었다.

"마을 규모가 꽤 크군."

"타일은 이런 시국이 아니었으면 곧 시티가 되었을 거예요."

"교통의 요지인가?"

"그건 아니고 근처에 큰 규모의 철광과 구리광이 있거든요. 품질도 좋은 편이어서 많은 대장장이들이 이곳에 자리를 잡았어요."

그렇다면 이 많은 가게와 인구를 충분히 이해할 수 있다.

"하지만 우리가 출발한 레인시가 뤼나윔에 무너지면 이곳도 끝이에요."

"왜 그렇게 생각하지?"

"근처에서 식량을 구할 수 있는 곳은 레인시가 유일하거든요."

주위를 둘러보니 아레오의 말대로 사면이 산이다. 그것도 상당히 험하고 높아 보였고, 나무가 자리할 자리에 검붉은 땅이 드러난 곳이 많아서 농지는 물론 목초지로 개발하기 어려워 보였다.

"다들 힘들겠군."

"아무리 힘들어도 살아야지요."

맞는 말이다. 굳이 삶의 의미나 목적을 명확하게 가진 것이 아니라도 살아 있는 한 살아가야만 했다. 그게 인간을 포함한 모든 생명체의 숙명이다.

그렇게 아레오와 대화를 나누는 사이에 쟘이 이끄는 마차들은 한 여관에 도착했는데, 상인들이 많이 이용하는 곳인지 한쪽에 마구간과 마차를 둘 넓은 공터가 있었다.

점원들이 마차를 공터로 인도하는 동안 먼저 자브레와 함께 여관 안에 들어갔다가 나온 쟘이 사람들 앞에 섰다.

"오늘 하루 다들 고생이 많았습니다. 호위분들은 일단 배정된 방으로 가서 짐을 풀고 저녁 식사 시간까지는 자유롭게 움직여도 됩니다. 아시는 분들도 있겠지만 이곳에는 공용 목욕탕밖에 없으니 알아서 이용하십시오. 아! 미안하지만 1조는 마차를 지켜야 하니 식사 이후에 자유시간을 드리겠습니다."

쟘의 말이 끝나자 호위들은 여관 안으로 들어갔고 점원으로부터 배정받은 방의 키를 전달받았다.

대부분 2인 1실이나 5인 1실이었지만 유일하게 마법사인 아레오와 가온은 혼자 사용할 수 있는 방을 배정받았다.

'괜찮네.'

방은 욕실이 없다는 점을 빼면 혼자 사용하기가 미안할 정도로 좋았다. 넓기도 했지만 가구의 질도 높았다.

가온은 방에서는 할 일이 없어 방으로 나왔다. 파르 덕분이기도 했지만 이번에 자신에 대한 투자가 성공한 이후에는 몸이 알아서 외부 환경에 실시간으로 적응을 하는지 땀을 전혀 흘리지 않아 씻을 필요도 없었다.

'마을 구경이나 해 볼까.'

상점들이 많다고는 하지만 마을을 동서로 관통하는 대로의 양편에 쭉 이어져 있어서 굳이 많이 돌아다닐 필요도 없었다.

식료품이나 잡화점과 같은 곳에는 별로 관심이 없었다. 이곳은 레인시보다 상황이 더욱 안 좋아서 이 마을 주민으로 보이는 사람들이 들어갔다가 심각한 얼굴을 하고 빈손으로 나오는 경우가 태반이었다.

가온이 직접 들어간 곳은 대장간이 딸려 있는 공방으로 마을에서 가장 큰 규모였다.

상인으로 보이는 많은 사람들이 점원과 흥정을 하거나 가격을 안내받고 있었는데, 가격이 적정한지는 잘 모르겠지만 꽤 많은 수량이 거래되는 것 같았다.

'너무 번잡하네.'

품질도 볼트를 구입한 레인시의 대장간에 비하면 특출나게 나은 것 같지도 않았고, 상인처럼 보이지 않아서 그런지 따라붙는 점원도 없어 그냥 가게를 나왔다.

딱히 필요한 것도 없고 더 이상 금도 가진 것이 없었기에 천천히 걸으면서 안에 전시된 무기나 아이템 들을 구경하던 가온의 발길이 멈춘 곳은 이제 막 오픈한 것으로 보이는 작은 공방이었다.

'대장간이 안 딸려 있네.'

납품을 받아서 판매를 하는 가게인 것 같은데 용도를 알수 없는 몇 가지 물건들이 전시되어 있었다.

호기심이 동해서 안으로 들어가니 20대 초중반의 아가씨가 내실 쪽의 주렴을 걷으며 나왔다.

"뭘 찾으세요, 손님?"

"구경 좀 합시다."

"네, 손님. 이건 마력 랜턴이라고 하는데 밤에 아주 요긴하게 사용할 수 있어요. 가격은 좀 되지만 마정석만 갈아 끼우면 얼마든지 오래 사용할 수 있어요."

이곳에서 지구의 랜턴과 거의 유사한 구조와 기능을 가진 물건을 보게 될 줄은 몰랐다. 랜턴이라는 단어로 번역이 되는 것을 보면 같은 물건이라고 해도 무방했다.

"가격이 어떻게 되오?"

"개당 10은이고 10개를 사시면 1할을 감해 드려요."

물가를 모르니 적정한 가격인지 확인할 수가 없다.

"이건 뭐요?"

"해충 퇴치기예요. 여길 누르면 우리는 들을 수 없지만 벌레들이 싫어하는 낮은 소리가 계속 발생해서 해충을 쫓는 물건이에요."

"이건?"

"이 버튼을 누르기만 하면 반영구적으로 사용할 수 있는 발화석이에요. 그리고 이건 여행을 자주 하는 사람들에게 필수적인 것인데 따로 불을 피우지 않아도 요리를 할 수 있는 마법 냄비예요. 여길 누르면 안쪽이 뜨거워져서 조리가 가능하고 이 버튼을 누르면 꺼져요."

설명이 맞는다면 여행자들은 물론 살림을 하는 여자들에게 무척 편리한 물건이다.

가게에 전시된 물건 중 마지막 상품은 지구로 따지면 이동식 냉장고였다.

신선 식품이나 육류를 꽤 오랫동안 냉장 상태로 보관할 수 있다고 했는데, 사계절은 있지만 크게 덥지 않은 이 지역을 감안하면 인기가 있을 것 같지는 않았다.

어쨌든 종류는 이것이 전부였다. 동일한 물건이 다섯 개에서 열 개 정도 전시되어 있었다.

가온은 이번 호위행에서 안전텐트를 사용할 생각이 없기에 이 물건들을 유용하게 사용할 수 있을 거란 생각이 들어

구입하기로 했다.

"혹시 이 아이템들의 구동원이 미세 마정석이오?"

로턴 왕국에서 미세 마정석을 이용해 다양한 마법 아이템을 만들었다는 얘기를 떠올린 가온이 물었다.

"어멋! 어떻게 아셨어요? 이곳에서는 잘 모르던데. 맞아요. 저희 가족은 로턴 출신으로 모두 마법사거든요."

이곳까지 피난을 와서 가게를 차린 모양인데 가족 모두가 마법사인 건 놀라운 일이 아닐까 싶었다.

"혹시 미세 마정석이 필요하지 않소?"

"정말요! 미세 마정석을 가지고 계세요?"

가온이 고개를 끄덕였다. 세어 본 건 아니지만 일전에 뤼나웜을 사냥한 후 앙헬이 수거했던 미세 마정석이 꽤 많았다.

앙헬에게 의념으로 물어보니 대략 1만 개 정도가 있다고 했다.

"얼마나 가지고 있나요?"

"얼마나 필요하시오?"

"많으면 많…… 아! 아니구나. 혹시 100개를 10금으로 살 수 있을까요? 로턴에서는 그렇게 구입했거든요."

그때 기억하길 뤼나웜 한 마리가 대략 50개 전후의 미세 마정석을 가지고 있다고 들은 것 같다.

"이 네 개의 가격은 얼마요?"

가온의 물음에 아가씨의 얼굴이 밝아졌다. 자신이 원하는 수량을 가지고 있기에 가격을 물어보는 것이라고 생각한 것이다.

"냄비와 이동식 보관 상자가 좀 비싸서 한 개에 1.5금이넘기 때문에 모두 합하면 4금 12은인데 4금만 받을게요."

가온이 봐도 두 물품은 제작에 공이 많이 들어갈 것 같았다.

"요즘 미세 마정석을 구하기가 어렵다는 건 알고 있을 테고, 물가 또한 많이 올랐소."

"그, 그럼 50개를 10금에 구입할게요."

이렇게 말하는 것으로 봐서는 물가가 대충 두 배 정도 뛴것 같았다.

'이럼 미세 마정석 한 개에 대략 20은 정도군.'

생각한 것보다 가치가 아주 높았다.

"좋소. 그럼 70개를 줄 테니 이 물건들까지 챙겨 주시오."

"종류당 10개씩은 있으니 물건은 충분해요. 잠시만요. 돈부터 가져올게요."

가온의 말에 화색이 된 아가씨가 내실로 허둥지둥 들어가더니 곧 주머니 하나를 들고 나왔다.

'생각해 보니 굳이 돈은 필요 없을 것 같은데 차라리 이 물건들로 받을까?'

자신이나 가게 주인이나 나쁠 것이 없었다.

"200개를 줄 테니 10세트를 주시오."

미세 마정석의 가격은 40금이고 물건 가격도 40금에 가까 웠다.

  가온은 이곳에서만 사용할 생각이 아니고 탄 차원에 돌아 가서 사람들에게 선물로 줄 생각으로 많이 주문한 것이다.

  상대는 띌 듯이 좋아하면서 네 아이템을 각각 열 개씩 챙 겼다.

  '반응을 보니 잘 팔리는 물건들은 아닌 모양이네.'

  나중에 알았지만 물품의 편이성이 문제가 아니라 가격이 비싸기 때문에 잘 팔리지 않는 거였다.

플라위스와 레비야

　상점을 나온 가온은 다른 가게들을 돌아보면서 한 가지 사실을 알게 되었다.

　'이 세상에는 마탑은 확실히 없구나. 포션이나 마법 스크롤도 없고.'

　그런 점을 고려하면 탄 차원보다는 낮은 수준의 문명을 가지고 있는 것 같았다.

　만약 탄 차원이었다면 아이스 계열의 마법 스크롤을 이용해서 뤼나웜이 추위에 약한 부분을 공략할 것이다.

　'밤에 넓은 범위의 땅을 아이스 마법으로 얼린 후에 윈드 커터를 사용하면 익은 이삭을 줍는 것처럼 쉽게 처리할 수 있을 텐데.'

갓상점에서 아이스 계열의 매직북을 구입할까도 싶었지만 성과 확대를 생각하면 피해야 했고, 그래 봐야 자신 혼자서 해야 하니 시간을 조금 더 단축하는 데 불과했다.

'그럴 바에는 그런 종류의 마법을 가진 동료를 영입하는 편이 낫지.'

생각이 난 김에 여관으로 돌아간 가온은 방에서 쉬고 있던 아레오를 식당으로 불렀다.

"혹시 아이스 계열의 마법을 익혔소?"

"아이스 포그까지는 시전할 수 있긴 한데, 왜요?"

"그럼 혹시 아이스 계열을 중점적으로 익힌 마법사들을 알고 있소?"

"제가 알기로는 아이스 계열을 깊이 파고든 학파는 없어요."

하긴 마법이 이곳보다 더 발달한 탄 차원에도 아이스 계열의 마탑은 없는 것으로 알고 있다.

"혹시 뤼나웜 때문에 그러시나요?"

"어떻게 알았소?"

"저도 그런 생각을 해 본 적이 있거든요. 놈들이 땅 밖으로 나올 때를 노려서 아이스 포그 마법으로 몸놀림을 굼뜨게 한 후 전사들이 끝장을 내는 방식으로 사냥을 하면 쉬울 것 같아서요."

"맞소. 그런 식으로 사냥을 할 생각으로 좋은 파트너가 있을까 싶어서 물어본 것이오."

"제 실력으로는 어렵고, 아! 어쩌면 온 님에게 좋은 파트너가 될 수 있는 사람이 있기는 해요. 마나를 오래 사용하게 해 줄 수 있거든요."

"어떤 사람이오?"

"일단 토란에 도착해서 상대에게 양해를 구한 후에 소개해 드리면 안 될까요?"

어떤 사람이든 뤼나웜 사냥에 도움이 된다면 어떻게든 설득해 볼 생각이다.

"부탁하지."

"염려하지 마세요. 제 부탁이라면 반드시 온 님을 도울 테니까요."

그렇게 말하며 짓는 미소가 왜 이리 요상한지 모르겠다.

비록 짧은 시간이기는 하지만 다른 사람들 앞에서는 늘 가면처럼 딱딱한 얼굴만 보여 주는 아레오였는데, 자신 앞에서는 이렇듯 묘한 색감을 주는 눈웃음이나 미소를 짓곤 했다.

'내게 호감을 가진 것은 확실하네.'

자신 역시 아레오에게 호감을 품고 있긴 했다. 아레오처럼 색감이 다양한 여자는 처음이었거니와 묘하게 사람의 마음을 끄는 매력을 가지고 있었기 때문이다.

물론 그에게는 이미 마음속 깊이 자리를 잡은 투하란이 있기에 호감을 발전시킬 마음은 없었다.

다음 날 아침, 일찌감치 간단하게 아침 식사를 한 상행은 다시 북쪽을 향해 출발했다.

이곳부터는 사람들은 물론이고 마차 통행량도 꽤 많은지 알레랑으로 통하는 길은 나름 잘 닦여 있어 이동 속도가 느리지는 않았다.

그래도 세 번은 멈추어야만 했다. 한 번은 식사와 휴식을 위해 멈추었고, 나머지 두 번은 대략 300마리 규모의 고블린과 코볼트 무리가 습격을 해 왔기 때문이다.

물론 사전에 카오스를 통해 그 사실을 알고 있는 가온이 적절하게 지휘를 하는 한편 위험한 개체들을 화살이나 투창으로 제거했기에 상행에는 아무런 피해도 발생하지 않았다.

그럼에도 전날과 달리 시간이 많이 지체되었다. 확 터진 지형에서 두 무리를 사냥했기에 시간이 좀 걸린 것이다.

"아무래도 오늘 밤은 야숙을 해야 할 것 같습니다."

쟘이 와서 말했다. 이제 상행의 구성원 모두가 가온을 지도자로 인정한 것이다.

"적당한 곳이 있소?"

"천 보 거리에 아주 오래전에 전염병으로 폐허가 된 마을 터가 있는데, 가까운 곳에 수량이 풍부한 시내도 있고 돌로 깐 공터도 있습니다."

"그럼 그곳으로 갑시다."

서둘러야 했다. 해가 지면 무서울 정도로 금세 어두워지니 말이다.

그렇게 도착한 곳은 돌담 일부와 얇은 석판을 깔아서 풀이 나지 않는 작은 공터들만이 오래전에 사람들이 거주했다는 사실을 알려 주고 있었다.

상단 직원과 마부 들은 능숙한 손놀림으로 천막을 쳤고 호위 중 일부는 물을 긷기 위해서 냇가로 향했으며 나머지는 불을 피웠다.

노숙을 할 때는 날씨와 상관없이 불을 피워야만 한다.

벌레는 물론이고 야행성 맹수와 마수 들의 공격을 대비하기 위해서였다.

다행한 점은 간간이 이곳에서 야숙을 하는 무리가 있었는지 검게 그을린 화덕들은 물론이고 벌목을 해 놓은 것으로 보이는 마른 나무들이 있다는 것이다.

가온은 사람들이 각자 맡은 일을 하는 모습을 지켜보면서 근처를 돌아다니는 카오스에게 의념을 보냈다.

'어때? 특별한 거라도 발견했어?'

ㅡ응. 꽤 떨어져 있긴 하지만 사냥을 하고 돌아가는 것으로 보이는 오크 무리가 있어.

'숫자가 얼마나 되는데?'

ㅡ50마리고 거리는 대략 4킬로미터 정도 떨어져 있어.

'사냥 성과는?'

―고블린 스무 마리와 사슴 열세 마리.

시간도 그렇고 그 정도의 수확이면 더 사냥을 하지 않고 마을로 귀환할 것 같은데 모르겠다.

이곳의 오크는 어떤지 모르지만 탄 차원의 경우, 한번 사냥을 나온 오크는 일정한 양이 모일 때까지 밖에서 머무른다. 빈손으로 돌아가는 법은 거의 없었다.

그때 갑자기 사람들의 비명이 들려왔다.

"아악! 플라위스다!"

"숨어!"

하늘을 올려다본 사람들이 기겁을 하고 바닥에 엎드렸다.

위를 올려다보니 와어번만큼이나 거대한 새 수십 마리가 빠르게 남쪽으로 날아가고 있었는데, 가온은 놀라운 시력으로 놈들이 이쪽에는 전혀 관심이 없다는 사실을 알 수 있었다.

"온 님, 어서 엎드려야 해요!"

엉금엉금 그의 곁으로 기어 온 아레오였다.

"괜찮소. 그런데 플라위스가 대체 뭐요? 저 새를 말하는 것 같은데……."

"플라위스를 모른다고요?"

"그렇소."

아레오는 가온의 대답에 믿기지 않는다는 얼굴을 했지만

순순히 입을 열었다.

"플라위스는 일명 열화조라고 부르는 비행 마수예요. 오랫동안 사냥을 했던 기록이 없어서 놈이 마수인지 확실하지는 않지만, 최상급 이상의 마정석을 가지고 있어요. 아무튼 화산 근처에 서식하며 화염 브레스를 사용하는 능력을 가지고 있는데, 와이번을 사냥한다는 얘기가 있어요."

그게 사실이라면 그야말로 지상 최고의 비행 마수일 것이다. 이 세계에도 와이번은 공포스러운 존재였기 때문이다.

'그런데 겔루아비스랑 비슷한 것 같은데.'

냉기 대신 화염 브레스를 사용한다는 점을 빼고는 외양이나 크기 그리고 비행하는 동작 등 점보 던전에서 사냥한 겔루아비스와 유사한 점이 아주 많았다.

"그런데 원래 야행성이오?"

사냥을 하고 돌아가는 것 같지는 않았다.

"그건 잘 몰라요. 아무튼 플라위스는 대륙에서도 손꼽히는 전사단이 아니면 감히 사냥할 엄두도 내지 못하는 엄청난 존재예요. 게다가 저놈들은 제가 예전에 한 번 봤던 개체보다 훨씬 더 큰 것 같아요."

그 말에 오히려 강한 호기심이 들었다.

'한번 따라가 봐야겠다."

마음을 굳힌 가온은 쟘에게 잠깐 볼일을 보고 오겠다는 말을 꺼냈다.

"언제 돌아오실 겁니까?"

쟘은 상행에서 가장 든든한 존재인 가온의 말에 걱정하는 얼굴이었지만 감히 무슨 일인지는 물어보지 못했다.

"잘 모르겠소. 아무튼 돌아오면 알리도록 하겠소."

"알겠습니다. 위험한 일은 아니지요?"

"아니오."

두 사람의 대화를 들었는지 어느새 주위로 사람이 몰려들었지만 가온은 질주 스킬을 발휘하여 순식간에 사람들의 눈앞에서 사라졌다.

사람들의 시선이 닿지 않는 곳에서 투명날개를 장착한 가온은 아까 플라위스들이 날아간 방향으로 빠르게 날아갔다.

해가 지고 있어 하늘이 붉게 변하고 있었는데 플라위스를 따라잡을 생각에 풍광은 눈에 전혀 들어오지 않았다.

그렇게 전력을 다해서 비행을 한 가온은 황무지가 시작되는 경계 부근에서 유유히 선회 비행을 하는 30여 마리의 플라위스를 발견할 수 있었다.

'겔루아비스와 비슷하네.'

보면 볼수록 겔루아비스였다. 크기도 그렇거니와 외양도 거의 동일했다.

차이점은 아직 눈으로 확인하지 못했지만 다른 속성의 브레스를 사용한다는 점밖에 없다.

멀리 떨어진 곳에서 녀석들을 지켜보는 가온으로서는 의아할 수밖에 없었다.

'대체 뭘 사냥하려고 기다리는 거지?'

안력을 집중시켜 보니 놈들은 분명 아래쪽에 신경을 쓰고 있었다.

그렇게 지켜보는 사이에 마침내 해가 졌다.

그리고 얼마 후 플라위스가 드디어 하강하기 시작했다.

'맙소사! 뤼나웜을 사냥하고 있어!'

해가 지자 땅속에 있던 뤼나웜들이 땅 밖으로 머리를 내밀었는데 마치 대기의 습도를 확인하려는 것 같았다.

그때 플라위스들이 땅 위에 내려앉더니 날카롭게 휘어진 부리로 뤼나웜을 꽉 물어서 밖으로 꺼내더니 씹어먹기 시작했다.

'플라위스가 뤼나웜을 잡아먹다니!'

만난 이는 많지 않지만 호위들의 경우 늘 밖을 떠도는 특성상 많은 소문을 듣는다.

그런데 소문이라도 뤼나웜을 잡아먹은 생물체가 있다는 얘기는 전혀 없었다.

그렇게 가온이 지켜보는 가운데 플라위스는 땅 밖으로 머리를 내민 뤼나웜은 물론이고 길고 날카로운 부리를 땅속에 깊이 박아서 그 안에 있는 놈들까지 잡아먹고 있었다.

'식성도 좋네.'

한 녀석을 유심히 관찰했는데 벌써 30마리 넘게 잡아먹은 상태였다.

'배가 터지지 않을까?'

날개가 거대하다지만 동체의 경우 인간에 비해 두 배 정도 크기 때문에 어른 팔과 비슷한 크기의 뤼나웜 30마리라면 위가 터질 것 같았는데 끊임없이 먹고 있었다.

'설마 실시간으로 소화를 시키는 능력이라도 있는 걸까?'

그게 아니고서는 저런 폭식은 말이 되지 않는다.

아무튼 플라위스는 1마리당 뤼나웜을 50여 마리를 먹어 치운 후에야 포만감이 들었는지 사냥을 멈추었다.

물론 그런 플라위스를 향해 뤼나웜 수십 마리가 땅 밖으로 튀어나오면 공격을 했지만 놈은 끄덕도 하지 않았다.

발톱은 물론이고 강철처럼 굵고 단단한 발목과 날개조차 놈들의 이빨이 들어가지 않는 것이다.

어느 녀석은 오히려 뤼나웜이 땅 위로 몸을 전부 드러내어 공격하기를 기다렸다가 넙죽 잡아먹었다. 마치 자신을 미끼로 낚시를 하는 것처럼 말이다.

'플라위스를 이용하면 의뢰를 조금 편하게 할 수 있을 텐데.'

테이밍 스킬이 없는 것이 아쉬웠다.

가온은 귀환하는 즉시 갓상점에 접속해서 테이밍 스킬을 알아봐야겠다고 마음을 먹었는데 문득 스쳐 가는 생각이 있었다.

'놈들이 겔루아비스와 비슷하다면 권속으로 받아들일 수 있을 것 같은데.'

거대화 스킬에 대한 설명에 집중하자 어떻게 길들이는지에 대한 방법이 머릿속에 일목요연하게 떠올랐다.

'어렵지는 않은데.'

꼼짝하지 못하도록 구속을 한 후 심혼을 겁박해서 정신을 불안정한 상태로 만들고 예속하라는 강한 의념을 전하는 것이 요체다.

'시도해 볼까?'

아무리 생각해도 플라위스는 점보 던전에서 진혈을 위해 사냥을 했던 겔루아비스와 동일한 생물체인 것 같다.

그런데 운이 좋았는지 플라위스는 포식을 한 후 바로 둥지로 날아가지 않았다.

배가 부른지 뒤뚱거리며 주위를 걸어 다니며 뤼나웜을 사냥해서 갈가리 찢어 놓거나 새끼를 위해 챙기는지 발톱으로 몇 마리씩 한꺼번에 짓눌러 하나로 만들고 있었다.

한번 테이밍을 시도해 보기로 한 가온은 따로 떨어져 있는 한 마리와 가까운 곳에 착륙했다.

투명 모드이기는 하지만 혹시 몰라서 은신 스킬까지 중복해서 발동한 상태다.

가온이 찍은 플라위스는 무리의 보스였다. 가장 큰 몸집을 가진 놈으로 뤼나웜을 얼마나 많이 잡아먹었는지 포만감에 졸고 있어 그의 접근을 전혀 알아차리지 못했다.

놈의 바로 앞까지 간 가온은 속박 마법을 걸었다.

마력이 큰 폭으로 증가해서 그런지 아니면 지력이 높아져서 그런지 마법이 발현되기까지의 시간도 짧아졌고 위력도 이전보다 세 배 정도는 강해진 것 같았다.

꿈틀!

역시 최상위 비행 마수답게 몸을 구속하는 이질적인 힘을 어떻게든 떨쳐 버리려고 하는 순간 가온은 놈을 향해 강렬한 살기를 방출했다.

덜덜덜.

졸다가 몸이 굳는 감각에 잠에서 깬 플라위스는 한 번도 경험해 보지 못한 끔찍한 살기에 순식간에 심혼이 얼어붙었다.

'내게 예속되어라!'

언어가 아니라 심혼을 옥죄는 거대한 의지였다.

놈은 강력한 힘으로 속박 마법을 깨뜨리고 흉흉한 눈빛으로 가온을 쪼려고 시도했지만, 강한 살기를 표출하는 거대한 의지는 놈의 육체와 정신을 강하게 옥죘다.

가온은 만약 이 플라위스가 끝까지 자신의 의지를 거부하면 심각한 내상을 입고 죽을 거라는 사실을 본능적으로 알 수 있었다. 그의 의지는 그만큼 강했다.

얼마 지나지 않아서 가온은 놈의 영혼과 이어지는 것을 심상으로 느낄 수 있었다. 놈이 굴복한 것이다.

'너는 이제부터 블루다!'

—나는 블루. 주인의 명을 따른다.

꽁지깃의 색을 따서 붙인 이름에 블루가 염파로 대답을 했는데, 앙헬의 경우와 동일했다. 다만 지능이 낮아서 그런지 의사소통의 수준은 아주 낮았다.

생명의 아공간에 거주하는 엘프와 모리아족의 경우에는 일종의 계약이기에 이렇게 강한 연결은 아니다.

놈의 영혼과 이어진 연결이 안정적으로 변하자 속박 마법에 걸린 상태에서도 자신을 찢어먹을 것처럼 강렬한 살기를 내뿜던 눈빛이 너무 온순해졌다. 자신을 확실하게 주인으로 받아들인 것이다.

가온은 생각했던 것보다 플라위스를 길들이는 과정이 쉽다고 생각했다. 자신의 현재 능력이 얼마나 대단한지 실감하지 못하고 있었다.

그렇게 테이밍을 시작한 가온은 결국 서른 마리를 전부 자신의 권속으로 받아들일 수 있었다.

이제 녀석들은 가온의 의지대로 행동하게 될 것이다.

테이밍 과정에서 가온은 플라위스가 왜 뤼나웜을 주식으로 바꾸었는지 확인할 수 있었다.

와이번을 사냥하다가 상처를 입어 날개 한쪽에 곪은 부위가 있는 동족이 낙오되어 우연히 뤼나웜을 잡아먹었는데 순식간에 상처가 치료된 일이 있었기 때문이다.

강력한 재생력을 가지고 있는 뤼나웜을 잡아먹음으로써 재생력을 촉진하고 미세 마정석의 마나를 흡수해서 치료를 하는 것이었다.

다른 놈들도 뤼나웜을 잡아먹으면 더 강해진다고 사실을 자각하고 있었다.

최근 블루와 일족인 플라위스들은 뤼나웜을 수백 마리씩 잡아먹음으로써 짧은 시간 동안 폭발적인 성장을 해 왔다.

인간이나 몬스터 들과 달리 마수들은 사냥한 대상의 마정석을 먹고 마나를 어느 정도 흡수할 수 있었다.

가온은 문득 아레오가 이전에 플라위스를 봤을 때는 몸집이 지금처럼 크지 않았다고 했던 말이 생각났다.

그렇다면 플라위스들은 지금보다 훨씬 더 강해질 수 있었다.

'블루, 둥지에 몇 마리나 더 있냐?'

와이번보다 더 높은 등급의 비행 마수라서 그런지 의념으로 간단한 의사소통이 가능했다.

ㅡ우리만큼 더 있다, 주인. 새끼들도 많다.

'지금 그 녀석들은 뭘 하고 있냐?'

ㅡ우리 기다린다. 우리 가면 나머지는 이쪽으로 온다.

교대를 하면서 뤼나웜을 잡아먹는다는 뜻이다.

'그럼 너희 둥지로 가자!'

가온의 명령에 플라위스 30마리는 달빛도 흐릿해서 어두운 하늘로 일제히 날아올랐다.

'최대한 많이 예속시키자!'

뤼나웜의 공격을 받고도 꿈쩍도 하지 않을 정도로 강력한 방호력을 가진 것은 물론 한 번에 무려 50여 마리를 잡아먹을 수 있는 엄청난 식욕까지 생각하면 이번 의뢰에 아주 큰 도움이 될 것이다.

가온은 동이 트기 얼마 전에야 겨우 숙영지로 복귀했다.

밤새 플라위스 둥지 세 곳을 돌면서 새끼들까지 포함해서 총 204마리의 플라위스를 자신의 권속으로 받아들였다.

그리고 그중 보스급인 세 녀석에게는 각각 블루, 퍼플, 레드라는 이름을 붙여 주었다.

플라위스들에게 뤼나웜은 새로운 먹이이면서 동시에 자신들을 급성장시켜 주는 영약이었다.

가온의 예상대로 뤼나웜을 잡아먹기 시작하면서 몸집도 커지고 부리와 발톱도 더 단단해졌다고 했다.

아쉬운 것은 플라위스의 개체 수가 많지 않아서 뤼나웜을 사냥하는 데 도움은 되겠지만, 녀석들의 힘만으로 뤼나웜을 모두 사냥하려면 아주 오랜 시간이 걸릴 거라는 사실이다.

가온은 숙영지로 복귀하기 직전에 이전에 예속시킨 플라위스를 모두 꺼내 뤼나웜을 잡아먹도록 했다.

'역시 생각대로야!'

뤼나웜을 잡아먹은 겔루아비스들은 짧은 시간이지만 외관상으로도 긍정적인 변화가 있었다. 자세히 봐야 알 수 있는 정도지만 몸집이 커지고 깃털이 길어진 것이다.

게다가 한 마리당 무려 50여 마리의 뤼나웜을 잡아먹을 정도로 좋아했다. 본능적으로 자신의 성장에 도움이 된다는 사실을 아는 것 같았다.

평화로운 풍경의 숙영지를 보니 오크의 습격은 없었나 보다.

다행히 꽤 먼 곳이라 오크들이 이곳까지는 알아차리지 못하고 놈들 마을로 돌아간 모양이다.

투명날개를 사용했기 때문에 일행 중 일부가 불침번을 서고 있었지만, 가온을 위해 친 것으로 보이는 빈 천막 안으로 들어가는 것을 전혀 보지 못했다.

잠을 자기에는 너무 애매한 시간이라 음양신공을 연공하는 것으로 피로를 푼 가온은 밖이 환해지고 시끄러워지자 천막에서 나왔다.

"어? 온 님!"

"언제 돌아오셨어요? 불침번을 선 호위들은 아무도 못 본 것 같은데요."

시내에서 세수를 하고 막 돌아온 아레오가 놀란 얼굴로 물었다.

"새벽에. 괜히 사람들 깨울 것 같아 일부러 조용히 들어왔소."

"그랬구나. 다들 온 님이 안 돌아왔다고 걱정을 했는데……."

아레오의 말이 끝나기가 무섭게 쟘과 자브레와 같은 상인들부터 알파스 등 호위들까지 몰려들어서 가온의 무사 귀환을 반겼다.

"오늘 들를 곳이 토란 시티라고 했나?"

"맞아요. 거기에서 동행 한 명이 추가될 거예요."

아레오의 말에 가온은 일전에 그녀가 말했던 사람을 떠올렸다.

"자, 스튜를 끓였으니 다들 식사하시오!"

곡류는 물론 육류에 이르기까지 식량 가격이 크게 올라서 고기는 많이 들어가지 않았지만, 마부 중 한 명인 로올이 음식 솜씨가 있는지 다양한 야채와 향신료를 사용해서 제대로 맛을 냈다.

빵과 스튜로 아침을 해결한 일행은 서둘러 천막 등을 수거해서 마차에 싣고 숙영지를 떠났다.

⊰⊱

토란시는 숙영지에서 멀리 떨어져 있지 않았다. 비교적 낮은 산 너머에 있었기 때문이다.

덕분에 출발한 지 2시간 후에 도착했다. 어제 두 무리의 기습을 받지 않았다면 늦은 오후에 도착했을 것이다.

레인시보다는 작지만 꽤 많은 인구가 살고 있으며 해안을 끼고 남북으로 뻗은 롱센 산맥에서 농사가 가능한 작은 고원 지대였다. 교통량도 꽤 많아서 고원이 좀 더 넓었으면 진작 대도시로 발전했을 곳이라고 했다.

성벽도 따로 없었기 때문에 도시 안으로 들어가는 특별한 절차가 없어 바로 안으로 들어갔다.

잠 등 상인들은 이곳에서 거래를 할 게 있어 마차를 몰고 시장으로 향했고 호위들은 정오까지 자유시간을 얻었다.

혼자 시장에 들른 가온은 물가가 확실히 레인시보다 낮다는 것을 알 수 있었다. 곡물은 물론 육류와 과일도 상당히 쌌다.

그래서 그런지 오가는 사람들의 상태나 낯빛은 이전에 들렀던 그 어느 곳보다 좋았다.

어차피 돈도 없었기에 그냥 구경만 하고 시장을 나온 가온은 도시 북쪽에 있는 독특한 양식의 건축물에 관심을 가졌다.

마치 지구의 절에서 볼 수 있는 탑처럼 생긴 건물이었는데, 가장 꼭대기에는 금으로 장식된 특이한 문양의 상징물이 있었다. 마치 뇌전을 형상화시켜 놓은 것 같은 표식이었다.

그런데 그의 호기심을 더욱 증폭시킨 것이 있었다.

'강력한 신성력이 느껴지는걸.'

마법사나 전사에 대해서는 대충 들었지만 탄 차원과 달리 이곳에서는 사제나 신관에 대해서는 들은 바가 없었다. 분명 고교 동창과 이름이 같은 신도 있는 것 같은데 말이다.

가온은 자연스럽게 북쪽으로 향했는데 주거지역과 상업지역인 남쪽과 동쪽에 비해서 건물도 사람도 별로 없어서 무척 한산했다.

그런데 독특한 건축물로 가는 도중에 익숙한 인물을 만났다.

"온 님, 여긴 어쩐 일이세요?"

반가운 얼굴로 그를 향해 달려온 사람은 바로 아레오였다.

"특별히 구경할 곳이 없던 차에 건물이 아주 특이해 보여서 말이오."

"아! 신전을 말씀하시는 거군요."

신전이 있기는 한 모양이다.

'벼락의 신을 모시는 걸까?'

그런 생각을 하는 가온의 시선은 처음부터 아레오의 동행에게 꽂혀 있었다.

아레오는 뭔가 안다는 얼굴로 묘한 미소를 지으며 동료를 소개했다.

"저와 친한 동생인 레비야라고 해요. 수행 사제예요."

"온 님의 말씀은 언니에게 들었어요. 레비야라고 해요. 정식 사제가 되기 위해서 수행을 하고 있어요."

동생이라더니 확실히 나이가 들어 보이는 아레오와 달리 레비아는 스무 살 전후로밖에 안 보일 정도로 동안이었고 눈길을 확 끄는 미인이었다.

하지만 화려한 미모와 달리 인상은 굉장히 청순하면서도 순수했는데 반전이 있었다.

'사제가 이렇게 섹시해도 되나? 끼리끼리 어울리는 건가?'

아레오도 묘한 성적 매력을 가지고 있는데 친한 동생이라는 레비야도 마찬가지다.

얼굴도 미인이지만 몸매가 이제까지 본 여인 중에서 가장 육감적이고 도발적이어서 이상한 성적 매력을 풍기고 있었다.

거기에 좀 어울리지 않게 흰색의 창을 들고 있었는데, 창촉의 모양이 마름모 형태가 아니라 뇌전을 형상화시킨 것처럼 희한하게 생겼다.

노출된 팔로 보아서는 근육이 적당히 발달하긴 했는데 저런 창을 효과적으로 쓸 수 있을지는 모르겠다.

"온이오. 어떤 신을 모시는 거요?"

갑자기 이 세계의 신과 종교가 궁금했다.

"우트 신을 모시고 있어요. 생사의 신이시죠."

생과 사의 신이라. 뭔가 중요한 신인 것 같은 느낌이 든다.

"그런데 지금 복장이 수행 사제의 그것이오?"

"네."

자신의 복장을 이상하게 보는 가온이 의아한지 살짝 아랫입술을 내보인 레비야가 제자리에서 한 바퀴 돌았다.

'희한하네.'

아무리 문명이 달라도 지구나 탄 차원의 경우 신을 모시는 사제들은 모두 자신의 몸이나 얼굴을 최소한으로 노출하는 복장을 한다.

그런데 레비야는 얼굴과 구릿빛의 건강한 한쪽 어깨를 드러낸 차림이었다.

'몸에 두른 천이 꼭 인도 쪽 여자들이 많이 입는다는 사리 같네.'

다만 차이라고 하면 재질이 비단이 아니라 무척 얇은 천이어서 가슴에 두른 가리개와 짧은 반바지 형태의 속옷이 훤히 보인다는 점이다.

거기에 뇌전을 형상화한 문양의 목걸이와 귀걸이를 걸고 있었는데, 배꼽 부위에는 같은 문양을 새긴 작은 구슬을 피어싱한 것까지 굉장히 파격적인 차림이었다.

'너무 선정적인 것 아닌가?'

눈길을 줄 곳이 없었다.

"역시 온 님은 세상 물정을 잘 모르시는군요."

갑자기 이상한 말을 하는 아레오.

"왜 그렇게 생각하지?"

"우트의 사제가 어떻게 입고 다니는지도 모르니까요."

"특별한 이유라도 있는 거요?"

"있지요. 사제는 아주 희귀한 존재이고 우트의 사제는 더욱 희귀하니까요. 숫자가 수백 명에 불과하고 정식 사제가 되면 평생 사원에서 나오질 않아요."

사제라는 존재가 희귀할 거라고는 짐작했지만 그 정도로 고립된 생활을 하고 있을 거라곤 생각하지 못했다.

"사람들이 가장 좋아하는 신은 풍요의 여신 레트로와 전쟁의 신 우라트, 다산의 신 헤임이고, 가장 두려워하는 신은 생사의 신 우트예요. 레비야는 그런 신을 모시는 사제로 세상을 돌아다니면서 100명을 신자로 만들고 100명의 목숨을 거두어야만 해요."

생사의 신을 모시는 사제다운 목표를 가지고 수행을 하는 모양인데, 이 순수한 눈빛과 청순한 얼굴을 가진 육감적인 여인이 100명의 목숨을 거두는 끔찍한 일을 할 수 있을 거라곤 믿기지가 않았다.

"그런데 춥지는 않습니까?"

자신이야 파르도 있고 이미 몇 번이나 바디체인지를 한 결과 더위나 추위에는 거의 영향을 받지 않지만, 이곳의 현재 날씨는 외투를 입어야 할 정도로 크게 선선했다.

"우트님의 힘이 제 몸에 흐르고 있어요."

예지몽으로
히든랭커

그러고 보니 이런 날씨에도 노출된 한쪽 어깨를 포함한 피부는 별 이상이 없었다.

"온 님이 보기에 많이 야해 보이나요?"

가온은 고개를 끄덕였다.

뭐랄까? 나와 전혀 관계가 없는 여자가 이렇게 심하게 노출했다면 좋은 구경을 하는구나 정도로 생각할 텐데, 처음 만나는 것임에도 불구하고 은근히 호감을 품고 있는 아레오라는 존재가 끼어 있어서 그런지, 레비야의 경우에는 친인이라 남들이 쳐다보는 것이 불쾌하고 화가 나는 것 같았다.

레비야는 그런 가온의 마음을 읽기라도 한 것처럼 환하게 웃었다.

"뭐, 그럼 온 님 앞에서만 이렇게 편하게 입을게요."

그렇게 말한 레비야가 메고 있던 배낭에서 얇은 가죽 재질의 로브를 꺼내 걸쳐 입었다.

"훨씬 보기 좋군."

후드까지 써서 그런지 왠지 아쉬운 느낌이었지만 그보다는 안심하는 마음이 더 컸다.

참으로 희한한 일이다. 아레오를 처음 봤을 때보다는 덜했지만 처음 보는 여자에게 왜 이리 신경이 쓰인단 말인가.

아무튼 더 이상 신전으로 확인된 건축물에 대한 관심이 사라져서 아레오와 레비야와 함께 만나기로 한 마을 중앙의 분수대 쪽으로 향했다.

합류

　토란시 중앙에 있는 분수대는 이곳 사람들에게는 만남의 장소나 다름없는지 상당히 많은 사람들이 있었다.

　쭉 둘러보니 아직 상인들은 물론이고 호위들도 대부분 오지 않았다.

　날씨는 선선했지만 햇빛은 강렬했기 때문에 가온 일행은 근처에 차양을 쳐 놓고 음료를 파는 한 가게로 들어갔다.

　고원 기후에 적합한 다양한 과수를 키우는 지역이라서 그런지 생과일을 갈거나 짜서 즙을 내어 팔고 있었다.

　"오빠, 주스는 제가 살게요."

　가온과 레비야를 자리에 앉힌 아레오가 주문을 하러 갔다.

　이곳까지 오는 동안 사교성이 좋은 레비야로 인해서 서로 나이를 밝혔는데, 아레오는 서른 살이라고 말한 가온보다 한 살이 어렸고 레비야는 네 살이 어렸다. 굉장한 동안이었던 것이다.

아무튼 나이를 공개한 김에 서로 편하게 지내기로 하고 두 사람은 가온에게 오빠라고 부르기로 했다.

"오빠는 정말 좋은 분 같아요."

"내가?"

"네. 제 모습을 처음 보면 남자들은 욕정에 번들거리는 눈빛으로, 그리고 여자들은 경멸하는 눈빛으로 바라보다가 창을 통해서 제 신분을 알아차리는 순간 겁에 질리거든요. 그런데 오빠의 시선은 처음에는 이상하다는 감정을 담았다가 나중에는 어떻게든 제가 이상한 시선을 받지 않게 하고 싶다는 걱정의 마음이 느껴졌어요."

가온은 맞는 말이지만 왠지 겸연쩍어서 고개만 끄덕였다.

"궁금한 게 있는데 물어도 될까요?"

"얼마든지."

"오빠 저를 보고 어떤 생각이 들었나요? 예컨대 같이 잠을 자고 싶다거나 혹은 따듯하게 안아 주고 싶다거나 하는 충동적인 감정을 말하는 거예요."

"솔직히 말하면 둘 다야."

가온은 솔직하게 대답했다.

얼굴은 청순한 미인이지만 도발적이고 육감적인 몸매에서

풍겨 나오는 전체적인 분위기는 남자의 가슴을 뜨겁게 달구는 강한 색기를 자아내고 있었다.

"그렇다고 꼭 그런 것만도 아니고 마치 나이 차이가 꽤 많이 나서 마냥 사랑스럽기만 한 여동생을 보는 것 같은 느낌도 있고, 여신과 같은 성결함도 느껴지네."

"저, 정말 신성력을 느꼈어요?"

레비야가 경악한 얼굴이 되어 물었다.

"응. 내 영혼에 강한 울림을 줄 정도로 강력한 신성력이었어. 희한한 것은 그럼에도 불구하고 네가 여전히 사제로 보이지는 않는다는 거지."

"아! 혹시 오빠 믿는 신이 있나요?"

"아니. 신들을 존경하고 존중하지만 무조건적으로 믿지는 않아."

사실 가온은 종교가 없다. 먹고사는 것이 팍팍한 부모님이 종교가 없는 영향도 있었지만, 지구에서는 이전에 있었던 글로벌 위기로 인해 종교의 세는 급격히 약해졌다.

전염병 사태 등 전 세계적인 환란에서 종교가 사람들의 희망이 되기는커녕 일부 종교인들이 오히려 사태를 악화시켰기 때문이었다.

그때 많은 사람들이 종교에 실망하고 성전을 벗어났다.

"이상하네요."

"뭐가?"

레비야가 막 입을 열려는 순간 아레오가 주스 세 잔을 가지고 왔다.

"오빠, 마셔 봐요. 이것저것 섞었다는데 굉장히 달콤하고 맛있어요."

이미 한 모금 마셨는지 아레오가 혀로 입술 주위를 핥으며 말했다.

레비야는 그 말에 마른침을 넘기며 바로 받은 주스를 마셨는데 가온은 아레오의 행동에 순간 가슴이 진탕되었다.

자신을 보고 하는 행동이 아님에도 불구하고 강렬한 성욕이 들끓었다.

물론 그런 충동은 순식간에 사라졌다.

그런데 그런 가온의 눈빛을 훔쳐보던 아레오의 눈빛이 이상해졌지만 티를 내지 않았다.

참으로 이상한 일이다.

레비야를 처음 본 상행 사람들이 하나같이 그녀를 보고 얼굴이 딱딱하게 굳더니 외면하는 것이다.

그렇게 레비야는 사람들의 외면을 받으면서도 자연스럽게 상행에 합류했다.

아무리 불편하더라도 치료나 축복 능력을 가진 사제의 동행 제의를 거부할 상행은 없었다.

'뭐지?'

레비야를 노골적으로 피하는 사람들의 반응이 이상했지만 따로 누군가에게 묻기에는 애매했다. 레비야가 가온의 지정석인 세 번째 마차 위로 올라왔다.

마차 위에 올라온 레비야는 가온의 옆에 앉아서 마치 묵상에 잠긴 듯 반듯하게 앉아서 눈을 감고 있었다.

그런데 이상하게 그런 레비야의 존재가 불편하지 않았다. 마치 오래전부터 함께 움직였던 동료들처럼 자연스러웠고 심지어 심신이 편안해지는 것 같았다.

덕분에 가온은 이전처럼 정찰은 카오스에게 맡기고 연공을 할 수 있었다.

트리플 에스 등급인 음양신공은 연공 효율이 극도로 높으면서도 안정성이 높아서 흔들리는 마차 위에서 연공을 하는데 아무런 지장이 없었다.

한번 연공을 할 때마다 신성력과 흑마력을 포함한 모든 에너지 항목이 눈에 띄게 증가했다.

가온은 그런 결과가 헤롯에게서 흡수한 양기로 인한 것이라고 생각했지만, 이 세계의 마나 밀도가 높은 것도 무시할수는 없었다. 아무튼 결과가 이렇게 좋으니 연공에 빠질 수밖에 없었다.

진화한 청류심법 역시 마찬가지였다.

S급이 되면서 마력 축적률이 엄청나게 높아져서 운공을할 때마다 수직과 수평으로 회전하는 마나링은 더 두꺼워지

고 단단해졌다.

 그렇게 연공에 매진한 지 3시간 정도가 지났을 때 불청객
이 나타났다.

 "멈춰!"

 카오스의 의념을 듣고 연공을 멈춘 가온이 마나를 담아 소
리쳤다.

 마차는 그대로 멈추었고 상행 식구들은 긴장한 얼굴로 주
위를 둘러보았다. 누구도 가온에게 정찰 방법을 묻지 못했지
만 내용만큼은 굳게 믿을 수 있었다.

 '이런! 이렇게 넓은 개활지라니.'

 마차는 어느새 사면이 산으로 둘러싸인 꽤 넓은 분지로 내
려온 상태였다.

 "이곳이 어디요?"

 가온이 마차 위에서 가볍게 뛰어내리며 달려오는 쟘에게
물었다.

 어느 순간부터 가온은 상행의 우두머리가 되어 모두에게
편하게 대하게 되었다.

 이곳은 강한 무력이 신분과 나이를 초월하는 세상이라 다
른 이들이 먼저 그렇게 원했다.

 "사르덴이라는 고원 분지입니다. 과수와 농작물이 잘 자
라는 곳이라서 예전에는 데용처럼 제법 큰 마을이 있었지만,
대규모 도적 떼의 반복된 습격에 견디지 못하고 사람들이 뿔

뿔이 흩어졌습니다."

쟘의 설명을 들어 보니 산지가 많은 이 부근에서는 사람이 모여 살기에 적당한 입지를 갖추고 있기는 했다. 토란시와 환경이 비슷한 것이다.

"그런데 무슨 일입니까?"

"내가 그것을 얘기 안 했군. 늑대요. 짙푸른 색 털에 큰 덩치를 가진……."

"블루울프!"

쟘이 크게 놀라며 외쳤다.

"블루울프라면 마수잖아!"

"오래전부터 존재해 왔으니 마수는 아닐 거야. 그나저나 저 멀리 북쪽의 차가운 초원지대에 살던 놈들이 여기까지 왜 내려온 거지?"

여기저기에서 블루울프라는 단어와 함께 시끄러워졌다.

사람들은 이제 가온이 어떻게 몬스터의 습격을 사전에 알아내는지는 묻지도 않았다.

설명해 줄 수 있었다면 벌써 말을 했을 것이고 어쨌거나 매번 정확하니 믿지 않을 도리가 없었다.

사람들의 반응을 보아하니 고블린이나 놀과 같은 몬스터와는 차원이 다를 정도로 위험한 맹수인 것 같았다.

"온 님, 숫자, 수가 얼마나 많습니까?"

알파스가 굳은 얼굴로 물었다.

"대략 500마리는 될 것 같은데, 정면에 있는 산 중턱에서 부터 달려 내려오고 있어."

"헉!"

정면에 있는 산은 거리만 수천 보나 떨어져 있어 제대로 보이지도 않았지만 그쪽을 보는 알파스는 물론이고 그와 함께 상행을 이끄는 잠 또한 대경실색했다.

"그런데 북쪽에 우리 말고 다른 상행도 있소. 블루울프의 존재를 알아봤는지 도망치고 있는데, 곧 이쪽에 도착할 거요."

분지이긴 하지만 가운데 부분에 인공적으로 높인 것 같은 언덕이 있었는데, 카오스는 그 뒤쪽에 다른 상행이 있으며 이쪽으로 도망쳐 오고 있다는 정보를 알려 왔다.

"어, 어떻게 할까요?"

잔뜩 겁을 먹었는지 잠이 덜덜 떨면서 물었다.

"도망치거나 피하기에는 이미 늦었소. 당장 말을 마차에서 풀어 중앙에 모아 놓고 마차로 원진을 만드시오. 저쪽은 마차가 스무 대이니 그 정도 공간을 비워 두고. 빨리! 알파스는 중앙에 말뚝 몇 개를 박아서 말들이 날뛰지 못하게 묶는 것을 감독하고!"

이런 개활지에서 마수나 몬스터의 공격을 받을 때는 당연히 마차로 벽을 쌓아서 원진을 구성하는 것이 일반적이기 때문에 경험이 많은 사람들은 서둘러 가온이 지시한 대로 일을 시작했다.

"아레오, 디그 마법, 가능한가?"

"네, 오빠."

"그럼 원진 밖에 디그 마법으로 불규칙한 간격으로 구덩이를 파! 마음껏 날뛰지 못하도록 하려는 의도야."

디그 마법은 기초 마법이기 때문에 아레오의 실력이라면 얼마든지 많은 구덩이를 팔 수 있었다.

아레오가 원진 밖으로 달려가는 것을 본 가온은 이번에는 레비야에게 시선을 돌렸다.

"레비야, 넌 어떤 능력을 가지고 있지?"

"축복과 치료요. 그리고 창도 좀 써요."

역시나 사제다운 능력을 가진 레비야는 흰 창을 그냥 장신구로 가지고 다니는 것은 아닌 모양이다.

"그럼 전투가 시작되기 직전에 사람들에게 축복을 걸어 줘."

"알겠어요. 근데 축복을 내리려면 대상과 직접 몸이 닿아야 하는데, 괜찮아요?"

무심코 고개를 끄덕이던 가온은 문득 그런 질문을 굳이 하는 이유를 납득할 수 없었다.

하지만 이유를 묻기에는 상황이 급했다.

"정말 오고 있어!"

흙먼지를 피워 올리며 중앙의 긴 언덕을 돌아서 이쪽으로 달려오는 마차의 행렬이 바쁘게 움직이는 사람들의 눈에 들어왔다.

"쟘, 사람들에게 석궁과 볼트를 나눠 줘!"

"네!"

잠시 후 뿌연 흙바람과 함께 도망을 치던 상행이 도착했다.

"빨리 마차와 말을 분리시켜서 원진을 완성해!"

가온이 단검에 마나를 주입해서 검기를 생성하면서 소리쳤다.

어차피 함께 블루울프를 상대해야 하는 상황이니 실력을 보여 지휘권을 명확히 하려는 시도였다.

순식간에 피어난 선명한 검기를 확인한 새로운 상행 사람들의 얼굴에 희색이 떠오르더니 지체하지 않고 가온의 지시에 따라 마차를 원진의 빈 공간에 맞추어 집어넣고 말을 분리했다.

"마법사가 있나?"

"여기 있소."

회색 수염을 기른 중늙은이가 손을 들었다.

"그대는 우리 마법사와 힘을 합쳐서 원진 밖에 디그 마법으로 구덩이를 파시오. 용도는 놈들이 전속력으로 달려오지 못하도록 하기 위함이니 깊이는 제각각이라도 상관없소."

예가몽으로
히든랭커

"알겠소."

마법사는 그만이 아니었다. 유약해 보이는 젊은 마법사도 함께 원진 밖으로 달려갔다.

막 거기까지 지시를 내렸을 때 상행을 뒤쫓아온 것으로 보이는 푸른빛의 털을 가진 큰 몸집의 늑대들이 사람들의 눈에 들어왔다. 블루울프였다.

가온은 바로 옆에 있는 마차 위로 뛰어올라 아공간에서 활을 꺼냈다.

엘프들에게 선물을 하고 기념으로 몇 개 남긴 복합궁이었다.

쐐액! 쐐액! 쐐액!

강철 화살들이 연이어 날아갔다.

빛살처럼 빠르게 날아간 화살에 꽂힌 블루울프들이 펄쩍 뛰더니 힘없이 떨어졌다. 이마를 뚫고 들어간 화살이 뇌까지 엉망으로 만들어 즉사시킨 것이다.

개활지라 모두들 그의 놀라운 궁술을 목격할 수 있었고 그 결과에 찬탄했다.

쉴 새 없이 날아가는 화살은 하나도 빗나가지 않고 블루울프의 숨통을 끊고 있었다.

그 때문인지 모습을 보이기가 무섭게 수가 빠르게 불어난 블루울프들이 급기야 제자리에 멈추었다.

선두로 나선 30여 마리가 화살에 죽어 버리자 경계심이 생기고 투기가 일시적으로 약해진 것이다.

그럼에도 불구하고 가온은 계속 화살을 날렸다.

마나가 주입된 화살은 날아오는 것을 본다고 피할 수 있는 속도가 아니었기에 블루울프들은 연신 죽어 나갔고 결국 놈들은 더 뒤쪽으로 물러났다.

가온은 25발들이 화살통 두 개를 비운 후에야 활시위를 놓았다.

"마법사들은 들어와도 좋소!"

그제야 세 마법사가 황급히 원진으로 복귀했는데, 아레오나 중년 마법사와 달리 청년 마법사는 블루울프가 두려웠는지 집중을 제대로 하지 못해서 판 구덩이가 몇 개 되지 않았다.

블루울프

가온이 마차 위에서 뛰어내리자 기다렸다는 듯이 사람들이 몰려들었다.

전부는 아니고 이쪽에서는 쟘과 자그레, 알파스, 주론 그리고 새로운 상행에서는 여섯 명이 모였다.

"단 님, 오랜만입니다."

쟘이 아는 얼굴을 보고 웃으며 반겼다.

"쟘과 자브레가 아닌가. 자네들을 이곳에서 이렇게 볼 줄은 몰랐군."

"그러게요. 레인시에서 배웅 인사를 했는데 이런 곳에서 만날 줄은 몰랐습니다. 좋지 않은 상황이긴 하지만 반갑습니다. 인사하십시오. 이쪽은 우리 상행의 지도자이시자 골드급 전사이신 온 님이십니다."

"단 상단의 단입니다. 온 님과 같은 강자와 함께할 수 있어서 참으로 다행입니다."

평소에 인상을 많이 쓰는지 이마에 세 갈래의 고랑이 깊게 새겨졌지만 눈빛이 깊어 보이는 장년인 단은 이어 자신의 일행을 소개했다.

온이 합류한 상행의 경우 개인 상인 다섯 명이 연합해서 만든 임시 상행이지만 단 상단은 규모가 꽤 큰지 호위대의 규모도 컸다.

상두 한 명을 제외하면 모두 호위대 간부들로 대장인 롬은 건장한 체격에 대검을 쓰는데 검기의 벽을 앞두고 있었다.

'골드는 아니지만 그에 근접했군.'

나머지 세 명은 열 명씩을 이끄는 조장으로 알파스나 주론과 비슷한 실버등급으로 보였다.

"온 님에게 지휘권을 맡기겠습니다. 부디 목숨만 살려 주십시오."

잠이 블루울프의 숫자가 무려 500마리나 된다는 말을 들은 단은 사색이 되어 그렇게 부탁했다.

산에서 내려오는 블루울프를 보고 기겁해서 일단 도망을 쳤기 때문에 정확한 숫자는 모르고 있었던 것이다.

블루울프의 숫자를 들은 호위들의 얼굴도 딱딱하게 굳었다. 호위대가 45명이나 되지만 블루울프의 악명을 고려하면

도저히 상대할 자신이 없었기 때문이다.

"골드 상급 전사이신 온 님만 믿으면 됩니다. 우리는 급조한 호위 삼십여 명으로 300마리 규모의 고블린과 코볼트 무리를 세 번이나 아무런 피해도 없이 전멸시키고 이곳까지 왔습니다."

"저희를 이끌어 주십시오, 온 님."

알파스의 말에, 단의 말에도 불구하고 지휘권 이양을 언급하지 않고 있던 골드 상급이라는 말에 롬이 지휘권을 내놓았다.

"좋소. 우리 한번 멋지게 이 위기를 극복해 봅시다. 자, 일단 인원 배치부터 합시다."

어차피 내친김이라 가온도 흔쾌히 지휘를 맡기로 하고 필요한 지시를 빠르게 내렸다.

제일 먼저 사람들이 힘을 합쳐 원진 중앙에 5미터 높이의 작은 산을 쌓았다.

가온을 포함한 지휘부가 그곳에 올라 전황을 살펴보고 필요한 지시를 내리게 될 것이다.

상단의 모든 구성원은 석궁에 볼트를 장전했다. 놈들이 달려오는 속도가 워낙 빠르고 장전에 시간이 걸리기 때문에 단한 발만 쏠 예정이다.

활을 다룰 수 있는 이들은 모두 마차 위로 올라갔다. 난전이 벌어졌을 때 자유롭게 화살을 쏴서 전사들을 지원하는 임무를 맡은 것이다.

전사들은 볼트를 발사한 후 각자 세 개씩 받은 창을 던지고 나서 놈들이 마차 가까이 접근하면 원진 밖으로 나가서 놈들을 사냥할 예정이다.

블루울프가 한 마리라도 원진 안으로 들어오면 말들이 가장 먼저 겁을 집어먹고 난리를 피울 것이고, 그렇게 되면 상황이 너무 혼란스러워지기 때문에 차라리 나가는 것이다.

'하지만 그 전에 놈들의 숫자를 좀 줄여야 할 필요가 있어.'

가온은 아레오와 단 상행의 두 마법사가 모여 있는 곳으로 갔다.

"혹시 전격 마법을 준비해 줄 수 있겠소?"

"선더볼트면 됩니까?"

아까 전에 홀리오라고 소개를 받은 장년 마법사가 물었다.

"그 정도면 충분합니다."

"저는 일렉트릭 쇼크를 시전할 수 있어요."

"전 2급 마법사라서 기본적인 마법만 사용할 수 있습니다."

아레오에 이어 젊은 마법사, 힐트 역시 민망한 얼굴로 말했다.

세 사람 모두 마나링은 하나밖에 없고 마법사에게 필수적인 지팡이나 완드도 없는 상태에서 마법을 시전하다니 참으로 신기한 일이다.

나중에 아레오와 이 세계의 마법에 대해서 깊은 대화를 나눠야 할 것 같다. 벼리나 리치도 그렇게 보채고 있었다.

"좋소. 일단 힐트는 여러분이 미처 구덩이를 파지 못한 지역을 대상으로 원진에서 30보 거리까지 워터 마법으로 땅을 적셔 주고, 두 사람은 놈들이 20보 거리 안으로 들어오면 지체하지 말고 전격 마법을 사용하시오."

세 사람이 열심히 디그 마법으로 구덩이를 파긴 했지만 360도 방위에서 대략 120도 방위는 작업을 전혀 하지 못했기 때문에 대비를 해야만 했다.

마지막으로 레비야를 챙기려고 했더니 이미 돌아다니면서 사람들에게 축복을 걸어 주고 있었다.

그런데 참으로 이상한 것이 축복을 받는 사람들의 표정이 돌처럼 딱딱하게 굳어 있다는 점이었다. 아까 가온이 사람들에게 레비야를 소개했을 때부터 그랬다.

"아레오. 사람들이 왜 레비야를 두려워하는 거지?"

도저히 이해할 수 없어서 급박한 상황임에도 물어보았다.

"생사의 신 '우트'의 권능 중 하나인 축복은 동시에 저주를 의미해요."

"저주? 그게 무슨 소리지?"

분명히 처음 만났을 때는 그런 얘기가 없었다.

"만일 축복을 받는 대상이 악 성향이 높을 경우 그 자리에서 순식간에 미라처럼 말라서 뼈에 거죽이 붙은 모습으로 절명하고 말거든요."

"음. 보통 사람들은 두려워하겠군."

살면서 죄를 짓지 않는 인간은 거의 없다. 그러니 혹시 그런 일이 벌어질까 두려워하는 것이리라.

하지만 그럼에도 불구하고 완전히 이해는 되지 않았다.

그 표정을 읽은 아레오가 쓴웃음을 지으며 추가로 설명을 했다.

"문제는 선악의 기준이 인간이 아니라 우트신의 기준이라는 거예요. 그리고 그 기준에 대해서는 우트신의 사제들도 명확하게 알지 못해요. 사람들에게는 존경을 받는 선인이라도 축복을 받았을 때 비참하게 절명하는 경우가 왕왕 있거든요."

그런 거라면 좀 이해가 간다. 신의 기준은 누구도 알 수 없을 테니 말이다.

그렇게 의아한 부분을 풀어 준 아레오는 흘리오와 힐트가 이미 가 있는 곳으로 달려갔다.

가온이 첫 공격을 막은 데다가 다들 필사적으로 움직인 덕분에 블루울프를 맞이할 준비가 끝났다.

하지만 놈들은 쉬이 움직이지 않았다. 활의 사정거리 밖에서 넓게 포위를 한 상태로 쉬고 있었다.

"당연한 반응입니다. 이미 온 님께 기선을 제압당한 상태이기도 하지만 원래 영악한 맹수들은 사람들이 지칠 때까지 기다리곤 합니다."

짧게 회의를 소집했을 때 사냥 경험이 많다는 롬이 그렇게 알려 주었다.

"마냥 이렇게 대기하다가는 우리가 먼저 지쳐 버릴 것 같습니다."

"그렇다고 다른 방도가 있는 것은 아니잖소. 일단 기다려 봅시다."

사람들은 답답한 얼굴이 되었지만 롬의 말이 맞는다면 기다리는 것 외에는 딱히 좋은 방법이 나올 수 있는 상황이 아니었다.

하지만 가온은 무작정 이렇게 시간을 보낼 수가 없었다.

뤼나웜을 제거하는 데 얼마나 시간이 걸릴지 알 수 없는 상황이라 이곳에서 블루울프 때문에 시간을 허비하기가 싫었다.

그래도 사람들의 대체적인 의견이 일단 기다려 보자는 쪽이라서 단독 행동을 하기도 좀 그래서 일단 회의를 끝냈다.

그렇게 기다리는 동안 가온은 혼자 외롭게 서 있는 레비야에게 갔다.

"축복은 제대로 내린 거야?"

"네, 오빠. 하지만 진짜 축복은 사람들이 두려워해서 힘과 용기를 돋우는 기도를 해 주었어요. 축복보다는 효율이 떨어지지만 어쩔 수 없지."

"내게 축복을 해 줘."

"오빠를 축복해 달라고요?"

"그래."

"내가 모시는 신과 축복에 대한 얘기도 모르는 거예요?"

"듣긴 했는데 위험할 것 같지 않아서."

매디의 축복을 수없이 많이 받았고 자신 또한 신성력을 보유하고 있기 때문에 위험할 거라고는 전혀 생각하지 않았다.

"아무리 선악에 대한 신의 기준과 인간의 기준이 다르더라도 그렇게 사람들이 두려워할 정도로 크게 다를 것 같지는 않아."

가온의 말에 레비아는 금방이라도 울 것 같은 얼굴이 되더니 그의 손을 붙잡았다.

"역시 오빠는 달라! 이런 사람일 줄 알았어요!"

가온은 자신이 한 말에 레비아가 이렇게 감동할 줄은 정말 몰랐다.

"그런데 제대로 된 축복을 내리려면 알몸이 되어야 해요."

"뭐라고?"

"율법이 그래요."

"그건 좀 그렇고, 손만 잡을게."

피부를 접촉한 상태에서 축복을 내릴 수 있다고 한 말과 레비야가 사람들에게 축복, 아니 기도를 하는 광경을 봤기에 그렇게 말했다.

"알았어요."

레비야는 아쉬운 얼굴이었지만 그녀 또한 상황이 긴박하다는 것을 알기에 가온이 내민 손을 붙잡았다.

알아들을 수 없을 정도로 빠르고 낮은 주문이 레비야의 입에서 흘러나왔다.

'기도문인가?'

분위기도 그랬지만 룬어처럼 말 자체에 어떤 힘이 깃든 것 같았다.

그런데 기도문이 멈추었을 때 놀라운 일이 벌어졌다.

"헉!"

동시에 두 사람의 입에서 경호성이 흘러나왔다.

'이건 뭐지?'

가온은 엄청난 힘이 전신에서 들끓는다는 것을 인지했다. 그리고 그 힘은 레비야에게서 전해진 것이다.

ㅡ오빠, 신성력이 크게 증폭되었어요! 그뿐 아니라 모든 스텟과 에너지의 양들이 폭발적으로 증가했어요.

벼리도 궁금했는지 지켜보고 있다가 변화의 내용을 알려 주었다.

'원래 상태를 기준으로 하면 얼마나 오른 거지?'

－신성력은 대략 두 배에 해당하고 다른 에너지들은 한 배 정도요.

엄청나다. 이건 가온이 생각했던 축복이 아니었다. 물론 버프라는 말로도 표현하기 어려운 놀랍고 신기한 일이었다.

놀란 눈으로 레비야를 쳐다보자 그녀 역시 눈이 튀어나올 것처럼 놀라 얼굴로 입을 다물지 못하고 있었다.

"레비야, 괜찮아?"

"아, 아! 전 괜찮아요. 그런데 오빠 어때요?"

"힘이 넘쳐흘러. 몸도 너무 가벼워서 날아갈 것 같고."

"그런데 오빠도 원래 다른 신의 사도였어요? 아니지. 그래도 우트님의 힘을 받아들일 수 없는데. 대체 이게 어떻게 된 거지?"

레비야는 뭔가 크게 놀랐는지 나중에는 혼란스러운 얼굴로 우물거리기까지 했다.

"그게 무슨 소리야?"

"제 기도에 우트님이 화답해서 제게 힘을 전해 주셨는데 엄청났어요. 이렇게 엄청난 힘을 전해 주신 건 처음이에요. 그리고 오빠가 그 힘을 절반 이상 받아들였고요."

축복이라는 행위는 아마 레비야를 매개체로 해서 우트신의 신성력이 전해지는 방식인 것 같았다.

"그게 왜 이상해?"

"제 경험도 그렇지만 신전에서 교육을 받을 때 오빠의 경우처럼 우트님의 힘을 많이 전해 받는 경우는 거의 없다고 들었거든요."

절반이 많은 건가?

"내가 우트신이 전해 주는 힘을 많이 전해 받은 거라고?"

"네, 맞아요. 보통의 경우 우트께서 100을 주시면 1이나 2밖에 못 받아들이거든요."

그렇다면 자신은 100 중 50을 전해 받았다는 것이다.

"그래? 왜 나만 이런 거지?"

"저도 모르겠어요. 오빠가 본래 우트님을 믿는 신자라면 어떻게든 이해를 할 수 있는데, 대체 어떻게 된 걸까요?"

"그걸 나한테 물으면 어떻게 알아?"

가온의 말에 레비야가 어딘지 나사가 빠진 것 같은 얼굴로 고개를 끄덕였다.

"그렇죠. 알레랑에 성녀께서 머무르는 신전이 있으니 도착하는 대로 여쭈어봐야겠어요. 아마 성녀님도 많이 놀라실 거 같아요."

"좋아. 아무튼 이 문제는 나중에 다시 얘기하자."

몸에서 힘이 폭발하는 것 같은 고양감에 가온은 혼자라도 움직여야겠다고 생각했다.

"롬, 내가 나가서 놈들을 흔들어 보고 돌아올 테니 만약의 상황이 벌어지면 롬이 지휘를 해요."

"이런 상황에 밖에 나간다고요?"

롬이 이해가 안 간다는 얼굴로 물었지만 가온은 고개를 끄덕였다.

"시간을 끌면 우리에게 좋을 것이 전혀 없잖소."

"그야 그렇긴 한데……."

언제 기습을 가해 올지 알 수 없어 긴장한 상태로 기다리다 보면 틀림없이 인간 측이 먼저 지칠 수밖에 없다. 전사나 마법사 들은 몰라도 상인과 마부 들은 견디기 힘들 것이다.

"괜찮겠습니까?"

"지휘를 잘 부탁하오."

무거운 화살통 두 개를 양 옆구리에 매단 가온이 사람들의 걱정스러운 눈길을 받으며 마차 사이를 빠져나갔다.

가온이 밖으로 나오자 블루울프들이 으르렁거리기 시작했다.

놈들 입장에서는 인간이 감히 겁도 없이, 그것도 혼자 자신들을 향해 걸어오는 게 황당할 수도 있을 것이다.

가온은 여기저기 널린 구덩이를 피해 천천히 걸으면서 시위에 화살을 걸었다.

손가락 끝을 통해서 마나를 주입하자 화살은 순식간에 희뿌연 광채에 휩싸였다.

'앙헬.'

―네, 주인님.

'네가 화살을 좀 전해 줘.'

-알겠어요.

슈욱!

퍽!

마나가 깃들어 있기에 빛을 방출하며 날아간 화살은 허공에 잔상을 남길 정도로 빨랐고 이내 한 블루울프의 미간에 깃만 보일 정도로 깊숙이 박혔다. 그러니 화살에 맞은 놈은 절명하고야 말았다.

우우우우!

동료가 화살에 맞아 죽자 분노한 놈들이 일제히 울부짖었다.

하지만 그때는 이미 다른 화살이 하울링을 하려고 머리를 치켜들던 놈의 눈을 꿰뚫었다.

마치 팔이 열 개라도 되는 것처럼 부채꼴을 그리면서 쉴 새 없이 날아가는 화살들은 빗나가는 것이 전혀 없이 블루울프의 이마에 깊이 박혔다.

순식간에 대략 30도 방위에 포진하고 있던 50여 마리가 화살에 맞아 죽어 버렸다.

가온이 막 옆으로 이동하려고 했을 때 이번에는 마나가 담겨 있는 하울링이 울려 퍼졌다.

우우우!

강렬한 분노와 적개심이 담긴 하울링에는 동족의 투기를 들끓게 하는 힘이 있었다.

'역시 북방 초원에서 무적이라고 불릴 정도의 능력이네.'

하울링의 주인공이 보스인지는 알 수 없지만 버프 효과가 있는 것은 확실해 보였다. 아니, 거기에서 그치는 것이 아니라 동족의 투기를 자극하고 증폭하기까지 했다.

가온은 주위를 돌아다니면서 상황을 지켜보고 있는 카오스에게 보스를 찾아보라는 부탁을 한 후 질주 스킬을 사용해서 공간이동에 가까운 속도로 달려 원진 안으로 귀환했다.

'마나 소모가 거의 없어.'

화살 50발에 마나를 주입해서 쏘았지만 기이하게도 힘의 소모가 아예 없는 것 같았다.

게다가 단순한 질주 스킬이었음에도 불구하고 자신도 놀랄 정도로 엄청난 속도로 달릴 수가 있었다.

'제대로 된 버프네.'

유지 시간이 얼마나 되는지는 알 수 없지만 레비야가 옆에 있으면 드래곤이 나타난다고 해도 혼자 힘으로 상대할 수 있을 것 같았다.

"온다!"

가온이 제대로 놈들의 화를 돋우었는지 포위하고 있던 블루울프들이 일제히 달려오기 시작했다.

"석궁 들어!"

공터 중앙의 작은 산 위로 올라간 가온의 외침에 사람들이 일제히 장전이 된 석궁과 활을 들었다. 화살과 볼트는 이미 장전된 상태다.

"가까이 올 때까지 기다린다!"

말은 그렇게 했지만 가온의 활시위는 고정된 순간이 보이지 않을 정도로 빠르게 움직이며 화살을 날리고 있었다.

사람들이 가지고 있는 활로는 맞히기 어려운 먼 거리였음에도 불구하고 잔상을 그리며 날아가는 화살은 여지없이 블루울프의 이마를 꿰뚫었다.

가온은 작은 산 위에서 천천히 원을 그리면서 계속 화살을 발사하고 있었는데 전혀 균형이 무너지지 않았다.

그 모습은 기존 동료들은 물론이고 단 상단의 구성원들도 혀를 내둘렀다.

"골드급 전사면 다 저렇게 활을 잘 쏘는 건가?"

"어림도 없지. 검술만 수련해도 골드급 되는 건 하늘에 별따기인데 무슨."

"온 님이 대단한 거야. 화살에 마나가 깃들어 있어서 한 방에 한 마리씩 죽이는 건 노련한 활잡이들도 불가능한 일이라고. 봐! 그냥 빠르게 연사하는 것 같아도 하나같이 정확하게 이마를 꿰뚫고 있잖아."

"어쨌거나 온 님이 함께해서 정말 다행이다."

"맞아. 이 정도 숫자면 사방으로 흩어져 도망을 치는 것도 불가능했을 텐데 온 님이 있어 희망을 가질 수 있게 되었어."

"그러고 보니 온 님 혼자서 벌써 100마리도 넘게 죽인 것 같은데."

"맞네, 맞아! 실버급 전사도 1마리를 겨우 상대한다는 블루울프를 이렇게 화살로 쉽게 죽이니 현실감이 안 드네."

그렇게 대화를 나누는 사람들은 어느새 블루울프에 대한 공포감에서 어느 정도 벗어난 상태였다. 아니, 이대로라면 놈들을 충분히 퇴치할 수 있을 거라는 희망이 빠르게 차오르고 있었다.

블루울프들은 동족들이 화살에 맞아 죽어 가는 상황에서도 먹잇감이 있는 원진을 향해 달렸다.

하지만 무작정 속도를 낼 수는 없었다. 시야가 열려 있는 선두는 상관이 없었지만, 뒤편에서 달려오는 놈들은 마법사들이 만든 구덩이에 빠지기 일쑤인 것이다. 워낙 빠르게 달리다 보니 작은 구덩이라도 일단 빠지면 발목이 부러질 수밖에 없었다.

그럼에도 불구하고 놈들은 빠르게 원진에 접근했다. 물론 구덩이가 없는 방위에 있는 놈들은 더욱 빨리 접근했다.

"마법을 날려!"

"일렉트릭 쇼크!"

"선더 볼트!"

츠츠츠츠.

힐트 마법사가 축축하게 적셔 놓은 공간 안으로 들어온 50여 마리의 블루울프가 한순간에 시퍼런 뇌전에 휩싸였다.

"모두 쏴!"

드디어 기다리던 명령이 떨어졌다. 블루울프들이 원진에서 40보 정도까지 접근했을 때였다.

슈슈슈슛!

화살과 볼트들이 블루울프의 몸에 박혔다. 놈들의 몸집이 큰 편이고 거리가 가까웠기 때문에 빗나가는 것은 많지 않았다. 상행을 하는 상인이나 마부들은 평소에도 창이나 석궁을 다루기 때문이다.

순식간에 100여 마리가 넘는 블루울프들이 화살과 볼트에 맞았지만 상당수는 그럼에도 불구하고 계속 원진을 향해 달려왔다. 급소에 맞지 않으면 전투력을 크게 상실하지 않는 것이다.

"투창!"

쇠뇌를 놓은 전사들은 이미 창을 들고 있었다. 그리고 명령이 떨어지자 온 힘을 다해 창을 던졌다.

이미 거리가 20보 이내로 가까워진 상태인 데다가 선두에 있는 블루울프 대부분이 화살에 맞은 상태이기에 창까지 꽂히자 쓰러지는 놈들이 절반이 넘었다.

투창은 한 번이 끝이 아니다. 전사들은 계속해서 창을 던졌고 다른 상행원들은 미리 명령을 받은 대로 창을 앞으로 비스듬하게 세워서 마차 사이의 틈을 막았다.

세 번에 걸친 투창으로 선두의 100여 마리는 완전히 무너졌다. 전격 마법에 노출되었던 50여 마리도 마찬가지로 온몸에 볼트와 화살 그리고 창을 꽂은 채 죽어 가고 있었다.

그래도 아직 절반에 달하는 놈들이 남았다. 그리고 그놈들은 어느새 원진과 10여 보까지 접근한 상태였다.

위기였다. 이 정도 거리면 블루울프는 순식간에 원진을 덮칠 것이다.

하지만 이쪽도 놈들의 접근을 쉬이 허락하지 않았다. 마차마다 한 명 이상씩 올라가 있는 전사들이 연신 화살을 쏘아 맞히고 있었다.

그중 한 사람이 쏘는 화살은 그야말로 무시무시했다. 날아가는 화살은 한 번도 빗나가지 않고 블루울프의 이마를 여지없이 꿰뚫었다.

그러면서도 그의 눈을 빠르게 전장을 훑어보았고 뇌전이 사라진 것을 확인하더니 명령을 내렸다.

"나가! 장전!"

실버급 전사 여섯 명이 각기 한 방위씩을 맡아서 아이언급 전사들을 이끌고 원진 밖으로 뛰어나갔다.

그들의 손에 들린 검과 칼은 전격에 감전되었거나 화살에 맞아 불편한 움직임을 보이던 블루울프들의 숨통을 끊었고 또다시 짧은 시간이지만 원진 주위가 정리되었다.

"들어와! 석궁을 쏴!"

또다시 떨어진 명령에 짧은 순간 전력을 다한 전사들은 서둘러 원진 안으로 귀환했다.

전사들이 안으로 들어오는 순간 장전한 석궁을 들고 있던 상인과 마부들이 동족의 사체를 헤치거나 뛰어넘어 접근하는 블루울프를 향해 볼트를 발사했다.

"부상자는 손을 들어!"

밖으로 나갔던 전사 중 일부는 그사이에 블루울프의 발톱에 찢기거나 물린 이들도 있었다.

대기하고 있던 세 마법사와 레비야가 달려가서 그들에게 마법과 신성력으로 치료를 해 주는 사이에도 가온의 몸은 원을 그리며 연신 화살을 날리고 있었다.

아예 마부 두 명이 가온이 올라가 있는 작은 산의 중간과 아래에서 연신 화살을 건네주고 있었다. 그래야 지금처럼 빠르게 화살을 연사할 수 있었다.

정신없이 이어지는 전투.

사람들은 지칠 겨를도 없었다. 그저 아무 생각 없이 가온의 명령에 따라서 톱니바퀴처럼 정교하게 연계해서 자신에게 주어진 일을 하는 것에만 집중했다.

상인과 마부 들은 느리더라도 볼트를 장전하고 쏘는 데 집중했으며, 궁사들은 활이 부러지고 손가락에서 피가 흐를 때까지 시위를 당겼다.

전사들은 가온의 명령에 따라 원진 안팎을 오가면서 블루울프를 처리했고 마법사와 사제는 치료를 도맡았다.

우우우우!

끝이 없을 것 같은 전투를 끝낸 것은 비탄과 분노의 감정이 가득한 하울링이었다.

하울링이 울려 퍼지자 블루울프들이 슬금슬금 뒤로 물러났다. 뒤에서 부하들에게 명령을 내리던 블루울프 보스가 결국 불리해진 상황을 인정하고 퇴각을 명령한 것이다.

"와아아!"

"이겼다!"

피어와 사람들의 환호 소리를 들은 가온이 과몰입 상태에서 벗어나 주위를 둘러보니 대략 350여 마리의 블루울프가 쓰러져 있었다. 덩치가 워낙 컸기 때문에 주위가 온통 놈들의 사체로 가득했다.

'비겁한 놈이네!'

가온은 멀리 보이는 놈을 매섭게 쳐다봤다.

블루울프 보스는 암컷 두 마리와 함께 가장 후방에서 하울링으로 명령만 내리다가 상황이 불리해지자 결국 물러나기로 한 것이다.

가온은 왠지 놈이 마음에 들지 않았다.

하지만 놈과의 거리는 오백 보가 넘었다. 그가 가진 활이 탄 차원의 명장이 공을 들여서 만든 복합궁이라지만 간신히 닿을락말락 한 거리였다.

가온은 카오스를 불렀다. 성과에서 약간 손해를 보더라도 보스를 해치우고 싶었다.

'저놈을 잡자!'

─화살에 동화를 하라고?

'응. 부탁해! 이대로 돌려보내면 언제고 또 사람들에게 피해를 줄 거야.'

사람이 별로 살지 않는 북쪽의 대초원이라면 몰라도 이런 숫자가 남하했으니 얼마나 많은 사람들이 피해를 입을지 알 수 없었다.

─알았어. 대신 자연의 정수 한 병.

안 그래도 줄 생각이었기에 고개를 끄덕이자 카오스가 시위에 걸린 강철 화살로 스르르 들어갔다.

블루울프 보스가 있는 방향을 향해 팽팽하게 당겨진 시위를 놓는 순간 화살이 포물선을 그리며 날아갔다.

이번에는 화살뿐 아니라도 시위에도 마나를 주입했다. 장력을 높이기 위해서였다.

카오스가 동화된 화살은 눈에 보이지도 않을 정도로 빠르게 날아가더니 얼마 후 구슬픈 암컷들의 하울링이 울려 퍼졌다.

가온은 화살이 빗나갈 것은 생각도 하지 않았다. 설사 놈이 피하려고 해도 카오스가 깃든 화살은 살아 있는 것처럼 놈을 쫓아가서 요격할 테니 말이다.

―숨통을 끊었어.

어느새 돌아온 카오스가 칭찬을 바라는 아이처럼 우쭐대며 의념을 보냈다.

'두 번만 더하자.'

―암컷들까지 처리하려고?

'응. 이왕 시작했으니 끝장을 내야지.'

보스의 암컷 두 마리까지 처리하면 남은 블루울프들은 뿔뿔이 흩어져서 북쪽으로 되돌아갈 것이다.

보스와 두 암컷을 제외한 용감한 놈들은 선두에서 공격을 했을 테니 말이다.

그렇게 가온은 화살 두 발을 더 날렸고 더 이상 들려오는 하울링은 없었다. 블루울프들은 꼬리를 말고 북쪽으로 사라졌다.

가온의 모습과 성과를 확인한 사람들은 자신도 모르게 고개를 흔들었다.

'정말 사람이 맞나?'

최소한 자신들이 보거나 들은 전사 중에는 활을 저렇게 잘 쏘는 이는 없었다. 아니, 전사가 아니더라도 저렇게 뛰어난 활 솜씨를 가진 이에 대한 얘기조차 들은 적이 없었다.

신성력

　살아남은 블루울프는 뿔뿔이 흩어져서 북쪽으로 도망쳤다. 그렇게 도망치는 놈들은 채 100마리도 되지 않았다.

　그렇게 블루울프들이 도망치자 단과 쟘 등은 피해를 확인했다.

　다행하게도 사망자는 없었다. 중상자가 한 명 나오기는 했지만 레비야의 놀라운 치료 능력으로 경상자와 비슷한 수준으로 상태가 좋아졌다.

　덕분에 사기가 크게 올라가고 분위기 또한 좋았다.

　그렇지만 이곳에 오래 머무를 수는 없었다. 400여 마리에 달하는 블루울프에서 흘러나온 피 냄새가 사방으로 퍼지면 온갖 맹수와 마수 그리고 몬스터 들이 몰려들 것이다.

그 증거로 벌써 몇 종류의 독수리들이 하늘을 선회 비행하고 있었다.

블루울프는 마정석이 없는 맹수이기에 가죽밖에 건질 것이 없는데, 도축할 여유가 없어서 결국 이대로 버리고 가기로 했다.

성인 남자에 해당하는 무게가 나가는 사체 400여 구를 땅에 파묻는 것도 여간 힘든 일이 아니었기 때문이다.

물론 그들은 걱정할 필요가 전혀 없었다. 가온이 앙헬을 남겨 사체를 모두 챙기도록 했다. 놈들의 가죽이 좋아서가 아니라 나중에 뤼나웜을 유인할 미끼로 사용하려는 것이다.

구함을 받은 단 상단도 가온 일행과 함께 움직이기로 했다.

"온 님, 저희를 받아 주셔서 감사합니다."

단이 직접 찾아와서 선물까지 내놓으며 고마움을 표시했다.

자신들의 전력으로는 더 이상 안전을 장담할 수 없는 상황에서 활로만 혼자 보스와 두 암컷을 포함해서 거의 200마리 정도를 사냥한 강자의 보호를 받게 되었으니 성의를 표시하려는 것이다.

가온은 와인이나 위스키로 보이는 선물에는 별 관심이 없었지만 100금에 내심 기분이 좋았다.

"단 상단도 알레랑까지 갑니까?"

"네. 거기에 본점이 있기도 하지만 현재 뤼바윔의 위협에서 벗어나 있는 타르 지역에서는 알레랑이 가장 큰 도시입니다. 뤼나윔 사태 이후 주위의 사람들과 물산들이 물밀듯이 몰려들어서 규모가 세 배 이상 커진 상태입니다. 다만 농경지가 부족해서 식량 가격이 높아지고 있어서 저희 상단은 곡물과 육류 그리고 말린 채소류를 대량으로 구입해서 가고 있습니다."

그런 곳이라면 자신을 도와줄 능력자를 찾는 것도 쉬울 것이다.

"그런데 아직 식량을 구할 곳이 있기는 합니까?"

"레인시에서 남동쪽으로 닷새 거리에 파림 고원평야가 있는데, 그곳에서는 아직도 많은 밀과 호밀 그리고 가축을 기르고 있습니다. 다만 이미 그곳과 멀지 않은 곳에서 변종 뤼나윔이 발견되어 다음에는 그곳에서 식량을 구하지 못할 것 같습니다."

낮은 기온 때문에 전진을 멈추었던 뤼나윔 무리에서 환경에 적응한 변종이 출현하면서 다시 이곳 사람들의 안전이 심각하게 위협받는 상황이 되었다.

'빨리 처리를 해야겠구나.'

마냥 시간을 끌 수가 없었다.

그렇다고 없는 정치력이나 지도력을 발휘해서 살아남은 전사와 마법사 들을 모조리 동원할 수도 없었다. 당연히 이 세계의 지도자들이 쉽게 그걸 받아들일 것 같지도 않았다.

어쨌거나 방법은 뤼나웜을 쉽고 빠르게 처리할 수 있는 능력자들을 영입해서 시간이 좀 걸리더라도 놈들의 확장을 막으면서 박멸하는 수밖에 없었다.

그러기 위해서 하는 여행이니 너무 조바심을 낼 필요는 없었다. 어차피 긴 시간이 필요한 임무였다.

단 상단이 합류하면서 많은 부분이 편해졌다. 인원이 130명을 훌쩍 넘기면서 자잘한 마수나 몬스터 들의 공격을 받을 위험성이 크게 낮아진 것이다.

물론 그럼에도 불구하고 덤벼드는 놈들이 없는 것은 아니었다. 특히 고블린과 놀 그리고 코볼트처럼 지능이 낮은 하급 몬스터들은 자신들의 숫자가 더 많으면 공격을 감행했다.

하지만 카오스 덕분에 완벽한 정찰이 가능한 가온에게 일단 걸리면 결과는 전멸로 이어진다.

미리 알고 대비하는 것도 있지만 궁술이 신기에 가까운 가온의 손에 무리 중 전투력이 강한 놈들을 포함해서 3분의 1 이상이 죽기 때문에 나머지 전사들은 쉽게 놈들을 처리할 수 있었다.

매일 한두 무리의 몬스터를 상대해 가면서 길을 재촉하던 상행은 레인시를 출발한 지 이레째가 되는 날, 경유 예정지인 타젠 시티를 반나절 정도 앞둔 능선에서 위험한 상대와

맞닥뜨렸다.

카오스의 정찰 결과 300여 마리의 오크가 능선의 양쪽과 자신들이 지나온 뒤쪽에서 상행을 향해 빠르게 다가오고 있었다.

"왜 오크가?"

사람들은 오크의 출현에 굉장히 당황스러웠다. 오크는 보통 물이 흐르는 평탄지의 강가나 낮은 산의 계곡 아래쪽 혹은 산기슭에 많이 서식하기 때문에 높은 산이 이어지는 산맥에서는 좀처럼 보기가 힘든 몬스터였다.

어쨌거나 오크는 전사들에게도 쉽지 않은 상대였다. 강력한 근력과 지구력은 물론 어지간한 상처에는 끄떡도 하지 않고 상처를 입으면 오히려 더 날뛰는 오크는, 마나로 육체를 강화할 수 있는 아이언급 전사도 혼자서는 사냥하기 어려웠다.

게다가 지형도 좋지 않았다. 능선을 오르는 중이라서 도망치거나 마땅히 대응하기에 좋은 지형지물이 전혀 없었다.

일행이 현재 위치한 곳은 억새와 비슷한 풀들로 가득한 완만한 산등성이였다.

오크는 양쪽 경사지는 물론이고 일행이 올라온 길을 따라서 접근하고 있어서 도망칠 곳은 앞쪽밖에 없었다.

하지만 앞쪽은 가파른 고개이기 때문에 사람들만이라면 몰라도 마차를 끌고서는 놈들을 뿌리치기도 힘든 상황이었다.

그렇다고 상행인데 물품을 버린다는 것은 말이 안 된다. 물론 최악의 경우에는 그런 선택을 해야 하지만 말이다.

'골치 아프네.'

사람 키를 훌쩍 넘어가는 억새로 인해서 시야도 좋지 않아 화살로 공격을 하는 것도 쉽지 않았다.

이런 상태라면 난전으로 이어질 가능성이 농후했다. 그리고 난전이 벌어지면 가온이 있더라도 이쪽은 큰 피해를 입을 수밖에 없었다.

다들 가온처럼 입을 꾹 닫고 오크를 상대할 방안을 고심했지만 몬스터 사냥 경험이 풍부한 롬도 이런 상황에서는 마땅한 대책을 내놓지 못했다.

그렇다고 도망을 치는 것도 쉽지 않았고 아예 그럴 생각도 없었다. 그만큼 단은 물론이고 잠과 자브레와 같은 상인들은 이번 상행에 엄청난 투자를 한 것이다.

사람들은 애가 탔지만 수뇌부의 결정을 기다릴 수밖에 없었다.

그때 레비야가 슬쩍 다가오더니 가온에게 귀엣말을 했다.

"저 이전에 수행을 다녀오신 카리란 사제께서 말씀하시길 오크에게 걸었던 신성 마법의 위력이 크게 높았다는 얘길 들었어요."

탄 차원에 있을 때 오크를 대상으로 신성 마법의 위력이 강해진다는 말은 듣지 못했다.

그런데 말의 의미가 조금 이상했다.

"그럼 그 전에는 약했고?"

"약했다기보다 예전보다 위력이 강해졌다는 말일 거예요. 그 얘기를 들은 사제들께서도 많이 놀라워하시면서 제게 신성한 숨결이라는 신성 마법을 가르쳐 주셨어요."

가온은 레비야의 얘기를 듣고 자신이 받은 의뢰를 떠올렸다.

'분명 이 세계가 마기에 침식되어 가고 있다는 구절이 있었어. 그렇다면 몬스터들의 경우 인간에 비해 마기의 영향을 빨리, 그리고 많이 받는 건 아닐까?'

마기라는 단어 자체가 신성력과 크게 대비된다.

시험해 볼 필요가 있었다. 어쨌든 도망을 칠 수도 없어 놈들을 그대로 맞이해야 하는 상황이니 오크의 전력을 약화시킬 수 있다면 뭐든 해 봐야 했다.

"신성한 숨결은 구체적으로 어떤 신성 마법이지?"

"일정한 공간을 대상으로 넓게 축복을 내리는 거예요. 그 공간에 있는 선한 사람들에게는 힘을 주지만 악한 존재들에게는 힘을 약화시켜요."

"축복을 해 주려면 접촉을 해야 한다고 하지 않았어?"

"맞긴 한데 전염병이 도는 지역을 정화할 때는 신성한 숨결을 사용해요."

이런 상황에서는 쓸 만한 방법은 맞았다. 난전을 벌일 수밖에 없다면 적의 전력을 약화시키는 것이 중요했다.

"범위는 어느 정도나 되지?"

"집 한 채 크기의 공간으로 알고 있어요."

그 정도로는 어림도 없다. 오크가 근접했을 때나 사용할 수 있는 것이다.

그때 좋은 생각이 떠올랐다.

"혹시 그 공간을 채운 신성력도 바람의 영향을 받아?"

"그건 잘 모르겠는데……."

"사용 가능한 횟수는?"

"전력을 다해 펼쳐 본 적은 없지만 삼사십 번 정도까지는 가능할 것 같아요."

그렇다면 한 번에 크게 신성력이 소모되는 마법은 아닌 모양이다.

가온은 아레오에 이어서 알파스와 롬 그리고 쟘을 불렀다. 그리고 신성한 숨결이라는 신성 마법에 대해서 설명을 해 준 후 세 사람을 레비야로부터 3미터, 7미터, 그리고 10미터의 거리를 두고 서게 했다.

그리고 아레오로 하여금 윈드 마법으로 '신성한 숨결'이라는 신성 마법의 근원이 되는 신성력을 바람으로 확산시킬 수 있는지 확인해 보기로 했다.

레비야가 신성한 숨결을 펼치자 그 범위 안에 있었던 알파스는 물론 롬 역시 활력이 증가하며 힘이 솟는다고 말했다.

아레오가 시전한 윈드 마법으로 인해 신성한 숨결이 10미터가 떨어진 곳에 있는 쟘에게까지 효과를 발휘한 것이다.

다음으로는 세 사람을 20미터와 30미터 그리고 50미터 떨어진 곳으로 이동했는데 그 위치에서도 역시 신성한 숨결이 효과가 있었다.

"성공이에요!"

레비야가 뛸 듯이, 아니 진짜 펄쩍펄쩍 뛰면서 소리쳤다.

"다행이네."

단 몇 %의 디버프라도 된다면 그렇게 해야만 했다. 오크는 이제까지 상대했던 몬스터들과는 전혀 다른 전투 종족이었다.

롬과 알파스 그리고 쟘도 오크의 힘을 약화시킬 수 있다는 생각에 크게 기뻐했다.

"그런데 오빠는 어떻게 이런 기발한 생각을 하셨어요?"

뭐 그거야 어떻게든 신성한 숨결의 범위를 확장시키려고 고심을 하다 보니 나온 생각이지만 가온도 성공할 줄은 몰랐다.

'신성력 자체가 바람에 의해서 이동하는 것은 아닐 텐데 왜 이런 거지?'

솔직히 이해가 가질 않는 현상이지만 묻는 레비야가 굳이 대답을 원한 것이 아니기에 그냥 싱긋 웃고 말았다.

대신 아레오에게 부탁을 했다.

"홀리오 님과 힐트를 불러 줘."

"왜요?"

"풀의 키가 너무 높아. 최소한 백 보 거리까지는 풀을 잘라야 할 것 같아."

"생각해 보니 우리 쪽은 감출 수단이 없지만 오크들은 몸만 좀 숙이면 잘 안 보이겠네요. 제가 두 사람과 함께 처리할게요."

"그래 수고해 줘."

"그럼 저희가 올라온 길의 양편에 있는 풀을 베겠습니다."

롬이 그렇게 말하며 전사들을 모았다.

"알파스는 마부 몇 명을 선발해서 마차에서 말을 분리한 후 고개 쪽으로 몰고 가는 일을 맡아 줘."

마차에 연결한 상태에서 공격을 받게 되면 말들이 흥분해서 어떤 일이 벌어질지 모른다. 그리고 오크를 어떻게든 처리하고 난 후에 다시 마차를 끌어야 하니 말들은 안전한 곳에 숨겨 두는 게 안전했다.

"그럼 전투에 별 도움이 되지 않는 늙은 마부 다섯 명에게 그 일을 맡기겠습니다."

알파스가 서둘러 마부들이 모여 있는 곳으로 달려갔다.

"잠은 사람들에게 석궁과 창을 적절하게 나눠 줘요."

"알겠습니다."

마차가 있는 곳으로 달려가는 쟘이 알레랑으로 납품하기로 한 석궁과 여분의 창을 준비해서 정말 다행이다.

사람들이 오크들을 맞이할 준비로 바쁘게 움직이는 모습을 보던 가온이 문득 생각난 것이 있어서 옆에 서 있는 레비야를 봤다.

"사람들에게 축복을 걸어 줘."

"그러고 싶지만 반기질 않아요. 기도의 경우 제가 봐도 큰 효과가 없었고요."

레비야가 난감한 얼굴로 그렇게 대답했다.

그렇긴 했다. 블루울프를 상대하기 전에도 레비야가 사람들에게 손을 잡고 축복을 해 주었지만 사람들의 표정이 굉장히 안 좋았던 기억이 났다.

"본인들이 싫으면 할 수 없지."

"하지만 오빠는 받을 거죠?"

"당연히 받아야지."

대략 30분 정도 유지되었지만 한순간에 두 배 정도 강해진 것 같은 고양감과 증강된 능력으로 혼자서 블루울프들을 절반 이상 해치운 것을 생각하면 당연히 받아야만 했다.

"그럼 이번에는 조금 강하게 축복을 해 볼까요?"

"어떻게?"

"일단 절 따라오세요."

레비야는 키가 높은 억새밭 안으로 가온을 끌고 들어가더니 그의 손을 잡고 앉았다.

"뭘 하려고?"

"이렇게요."

"으읍!"

레비야는 마주 앉은 자세에서 갑자기 그의 목을 끌어안으며 입술을 붙였다.

'귀엽네.'

키스는 처음인지 이빨에 눌릴 정도로 강하게 입술을 붙인 레비야의 몸이 가늘게 떨리고 있었다.

가온은 눈을 감았다. 이왕 키스를 하게 된 상황이고 지금 입술을 떼거나 밀치면 레비야가 상처를 받을 것 같았다.

레비야와 그녀의 입술에 집중하니 못 맡았던 것이 느껴졌다. 그건 바로 레비야의 체향과 땀 냄새가 섞인 향기였다.

가온은 무릎을 꿇고 그 위로 레비야를 끌어 앉혔다. 그리고 허리에 손을 감아서 깍지를 낀 후 살짝 입술을 뗀 후 혀로 입술을 가볍게 핥았다.

"하아아."

한숨과도 같은 낮은 신음이 들렸다.

입술은 무척이나 부드러웠다.

윗입술과 아랫입술 모두 혀끝으로 핥아 주자 목을 감은 레비야의 손에서 살짝 힘이 풀렸다.

이번에는 입술을 살짝 붙이고 혀를 안으로 넣어 탐험을 시작했다. 잇몸과 이빨 그리고 입천장을 혀끝으로 부드럽게 핥자 레비야의 코에서 뜨거운 숨결이 흘러나왔다.

이 세상으로 건너오기 직전에 연인이 된 투하란을 통해서 알게 된 키스로 그녀도 책에서 본 스킬이라고 해 보자고 해서 알게 되었다.

비록 다른 여인이고 사랑하는 감정도 없는 상태지만 키스 그 자체는 아주 감미로웠다. 처음 키스를 경험하는 레비야의 다양한 반응도 그에게 말로 표현하기 어렵지만 기분 좋은 감흥을 주었다.

하지만 언제까지 키스를 나누고 있을 수는 없었다.

가온이 입술을 떼고 살짝 그녀를 밀어내려고 했을 때 한 번 경험했던 일이 반복되었다.

쑤욱!

자신의 안으로 아주 강대하면서 성결한 에너지가 들어와서 순간 전신을 가득 채웠다.

'신성력이다!'

몸 안으로 들어온 신성력은 이전에 비해서 서너 배는 더 많은 양이었지만, 몸에는 아무런 해도 주지 않았다. 아니, 에너지의 총량은 물론 스텟까지 크게 증폭시켜 주었다.

이전과 달리 지금은 자신을 중심으로 반경 10여 미터의 공간은 자신의 의지대로 움직일 수 있을 것 같았다.

가온은 자신이 마치 신이 된 것 같은 강렬한 고양감에 자신도 모르게 몸을 떨었다.

'이건 정말 굉장해!'

지금이라면 소드마스터 최상급의 전유물이라고 할 수 있는 검환도 아주 쉽게 만들 수 있을 것 같았다.

자연스럽게 떨어졌지만 가온은 고양감에, 그리고 레비야는 얼굴을 붉힌 채 그를 제대로 쳐다보지 못하고 있었다.

잠시 후, 높은 정신력으로 들끓고 있는 고양감을 가라앉힌 가온은 고개를 숙이고 있는 레비야의 손을 붙잡아 일으켰다. 그러자 레비아가 겨우 얼굴을 들었는데 제대로 눈을 맞추지 못했다.

"어때요, 오빠?"

"이건 뭐랄까, 아주 굉장해! 마치 내가 신이 된 것 같은 기분이야. 뭐든 내 마음대로 할 수 있을 것 같아."

"능력은요?"

"평소에 비해 최소한 세 배는 높아진 것 같아."

말은 그렇게 했지만 실제로는 그 이상으로 높아진 것 같다. 전신을 가득 채운 신성력의 양도 헤아리기 힘들 정도로 많았지만, 지난번보다 느껴지는 활력의 강도가 훨씬 더 높았다.

"아아!"

레비아는 알 수 없는 신음을 토하더니 격렬하게 고개를 끄덕였다. 그러고는 두 손바닥을 붙여 얼굴 위로 올린 자세로 눈을 감고 알 수 없는 기도문을 빠르게 암송했다.

"나는 챙길 게 있어서 먼저 가 볼게."

가온은 대답을 기다리지 않고 서둘러 산등성이로 올라갔다. 이제는 이 힘으로 오크들을 상대해야만 했다.

상행이 멈춘 자리를 중심으로 삼면의 공간을 벌초해 둔 결과 오크의 모습이 사람들의 눈에 들어왔다.

오크는 삼면에서 올라오는 중이고 마차는 능선을 따라 나 있는 좁은 길에 길게 줄지어 선 상태라서 대응하기가 마땅치 않았다.

사람들은 불안했지만 이제까지 가온의 지휘로 몇 번이나 위험을 훌륭하게 극복해 왔고 이번에도 그의 얼굴에서 심각함이나 두려움은 느끼지 못했기에 크게 동요하지는 않았다.

마법사들은 윈드 커터로, 전사들은 길을 낼 때 사용하는 짧은 칼로 풀을 베어 버린 공간은 현재 위치에서 100보 거리였다.

활의 경우 사정거리가 충분했기에 마차 위에 올라선 가온을 필두로 세 조로 편성된 궁사들이 일제히 화살을 날렸다.

슉! 슈슈슈!

궁사들은 전문적인 궁사가 아니고 전사였기에 빗나가거나 급소가 아닌 부위를 맞히는 것이 대부분이었지만, 가온의 경우는 달랐다. 그가 날리는 화살은 오크의 이마와 심장을 정확하게 꿰뚫었다.

그래도 오크들의 투기는 가라앉지 않았다. 화살에 쓰러지는 동료들을 보면서도 괴성을 지르며 달려 올라오기 시작했다.

가온은 그런 오크들을 보고 고개를 끄덕였다.

'다행이야!'

간혹 오크 중에서 활을 사용하는 놈들도 있었는데 근력이 워낙 강하다 보니 간단한 재료로 만든 목궁으로도 멀리 화살을 날려 보낸다고 들었다.

하지만 이 무리에는 없었다. 그러니 마음 놓고 응전을 해도 된다.

"레비야, 마법사들, 시작해요!"

몸을 세 방향으로 돌리면서 화살을 연사하던 가온은 오크들이 70보 거리까지 도착하자 레비야와 마법사들에게 명령을 내렸다.

세 마법사는 각각 한 방향을 맡았고, 마차 끝부분에 위치한 레비야는 왼쪽부터 후방 그리고 오른쪽을 향해 차례로 신성한 숨결 마법을 시전했다. 그리고 신성 마법의 시전이 끝나면 바로 마법사가 윈드 마법으로 숨결을 아래쪽으로 날려보냈다.

가온은 확실히 오크의 기세가 약화되는 것을 느낄 수 있다. 올라오는 속도도 눈에 띄게 떨어졌다.

'거리가 멀어서 그런지 기대한 것보다는 떨어지지만 그래도 효과가 있어.'

그러는 사이에 오크의 선두가 30보 거리까지 올라왔다.

"석궁!"

가온의 명령이 떨어지자 상행원과 전사들이 일제히 볼트를 발사했다.

푹! 푹! 푹! 푹!

경사는 완만하지만 위에서 아래를 향해 쏘는 석궁의 위력은 대단했다. 볼트를 맞은 오크들이 주저앉거나 쓰러졌고 뒷걸음질을 치다가 아래로 굴러가는 놈들도 있었다.

하지만 그 정도로 오크의 공격성이 사라지지는 않았다. 전문적으로 훈련을 받은 석궁수가 아니었기에 급소를 맞힌 볼트는 별로 없었다.

몸에 볼트가 박혀 피가 흘러나오는 상태인데도 오크들은 광기에 가득한 눈으로 괴성을 지르며 위로 달려오고 있었다.

"투창!"

전사들이 창을 던지기 시작했다. 아무래도 볼트보다는 창의 위력이 더 강하다. 볼트에 맞고도 위로 올라오던 놈들이 하나둘 쓰러지기 시작했다.

그사이에도 마차 위의 궁사들은 최대한 빠른 속도로 화살을 날렸고, 레비아와 세 마법사는 동일한 마법을 계속 펼쳤다.

가온 역시 연신 화살을 날리고 있었는데 그의 화살은 오크의 급소를 정확하게 파고들어 더 이상 움직이지 못하도록 만들었다.

결국 짧은 시간에 100여 마리를 쓰러뜨릴 수 있었지만 뒤이어 올라오는 놈들은 두 배는 더 많았고 기세도 아주 흉흉해서 상행원들의 경우 오금이 저리는 얼굴이 되었다.

하지만 마나로 시력을 강화시킨 가온은 알 수 있었다. 마차와 가까워지면 질수록 오크들의 기세가 약화되고 광기에 가득했던 강렬한 눈빛이 죽어 가고 있다는 것을 말이다.

'가까워질수록 신성한 숨결의 효과가 강해지고 있어.'

확실한 건 아니지만 대략 2할 정도의 디버프 효과가 있는 것 같았다.

'그렇다면 신성력을 담은 검격도 효과가 크지 않을까?'

가온은 왼쪽 중간 부분에 있는 보스 무리를 상대로 확인해 보기로 했다.

'어차피 오크를 압도적으로 사냥할 전력이 안 된다면 보스를 잡아야 물러날 거야.'

무리 생활을 하는 생물은 전투에서 지휘관을 잃으면 전력이 대폭 약해진다. 이건 어떤 세계든 통용이 되는 진리다.

"롬, 지휘를!"

가온이 활을 챙긴 후 마차에서 뛰어내리자 롬이 서둘러 그 자리로 올랐다.

가온이 롬에게 지휘권을 넘기는 것은 단과 잠도 보고 있었다. 두 사람은 한 조가 되어 석궁을 장전하고 오크가 접근하기를 기다리고 있었다.

"온 님이 따로 움직이려는 모양이야."

"검을 잡은 것을 보면 직접 오크들을 상대하려는 모양이네요."

"신들린 것 같은 궁술로 오크들을 죽이는 편이 더 효율적일 것 같은데."

"맞습니다. 평지도 아니고 경사진 곳을 내려가서 직접 오크를 처단할 필요는 없는데……."

그런 생각을 하는 건 단과 잠만이 아니었다. 사람들은 백발백중의 실력에 단발로 한 마리의 숨통을 끊는 궁술이 지금과 같은 상태에서는 더 유효하지 않을까 생각했다.

왼쪽 경사면으로 달려 내려간 가온은 흉악한 얼굴로 끔찍한 투기를 방출하면서 올라오고 있는 오크들을 향해 검기를 두른 대검을 빠르게 휘두르기 시작했다.

투두두두두.

시퍼런 검기가 생성된 대검의 궤적은 파도처럼 위아래로 움직였는데, 거기에 걸리는 오크들의 목이 너무나 쉽게 잘려 나가서 보는 사람들은 뭔가 비현실적인 모습을 보는 것 같았다.

"아무리 검기라도 오크의 목은 저렇게 쉽게 자를 수가 없는데……."

지휘를 해야 하는 롬도 넋을 잃고 가온의 모습에 빠져들었다.

오크는 인간과 달리 목이 짧고 매우 굵은 데다가 뼈까지 단단해서 검기를 사용한다고 해도 저렇게 매끄럽고 가볍게 자를 수가 없었다.

하지만 지금 목이 떨어진 오크들은 자신이 죽었다는 것도 의식하지 못하고 남은 몸이 도끼며 철봉을 휘두르고 있을 정도였다.

가온은 그런 오크의 몸통을 걷어차거나 피하면서 계속 아래로 내려가면서 대검을 휘두르고 있었다.

'대체 저 아래에 뭐가 있는 거지?'

이쯤 되면 사람들도 가온이 뭔가를 노리고 직접 나섰다는 사실을 알아차릴 수 있었다.

숨 한 번 쉬는 짧은 시간에 대여섯 개의 머리통이 날아가는 모습을 넋을 잃고 쳐다보던 사람들은 얼마 후 가온의 움직임에 대한 이유를 알 수 있었다.

"보스다!"

일반 오크에 비해 머리통 하나는 더 크고 몸통은 반 배 이상 큰 오크가 눈에 들어왔다.

오크 보스는 일반 개체와 달리 들고 있는 글레이브에 검기를 생성한 상태였는데, 부하들이 빠르게 죽어 가는 것에 분노했는지 흉악한 얼굴로 위쪽으로 달려 올라오고 있었다.

그런데 이상한 일이 일어났다. 시퍼런 검기가 사라진 가온의 대검이 곧이어 마치 전설에 등장하는 성검처럼 신성한 오러로 뒤덮인 것이다.

'성검? 아닌데 왜 신성한 기운이 느껴지는 거지?'

사람들이 그렇게 생각할 때 가온을 향해 달려오던 오크 보스가 놀라는 얼굴을 하더니 속도를 늦추었다. 놈도 가온의 검에 실려 있는 신성한 기운이 자신에게 위험하다는 사실을 감지한 모양이다.

하지만 놈은 차라리 더 빠르고 강하게 공격을 시도했어야 했다.

써걱!

순간이동을 하듯 눈 깜박할 사이에 10여 미터를 날아간 가온의 대검에 의해 지금처럼 검기를 두른 글레이브와 함께 목이 날아가는 꼴이 되어 후회하지 않았을 테니까.

순식간에 오크 보스를 포함해서 왼쪽 경사지에 있던 40여 마리의 오크를 썰어 버린 가온은 이번에는 횡으로 움직이기 시작했다. 지나온 산등성이 아래쪽 길을 향해 이동하는 것이다.

물론 그 동선에 있던 오크들은 제대로 대응도 하지 못하고 목이 잘리고 있었다.

이번 작전에서 왼쪽 방향의 궁사 역할을 맡았던 전사들은 활을 놓은 지 오래다. 제대로 보이지도 않을 정도로 빠르게 움직이면서 오크의 목을 자르는 가온 때문이었다.

그런데 이번에는 후방을 맡은 전사들이 같은 상황이 되었다. 롬이 가온의 이동 경로에 있는 궁사들에게 화살을 쏘지 말라고 지시한 것이다.

덕분에 전사들은 가온이 양 떼를 유린하는 늑대처럼 날뛰는 모습을 비현실적인 느낌으로 감상하게 되었다.

가온은 후방의 오크 무리를 이끄는 놈을 향해 일직선으로 나아갔고 그 경로에 있었던 오크들은 여지없이 머리통이 잘려 나갔다.

가온은 넋을 놓고 자신에게 시선을 고정한 사람들만큼은 아니지만 꽤 놀라고 있었다.

'육체 능력이 높아진 것도 놀랍지만 신성력으로 생성한 검기의 위력이 일반 마나의 경우에 비해서 세 배가량 높아!'

단순히 검기의 위력이 강해진 것만이 아니었다. 검에 두른 신성력으로 인해서 일정 거리 안에 있는 오크들이 심각한 영향을 받고 있었다.

오크들이 마기에 침식당한 상태라서 그런지 오크들은 가온과 가까워질수록 몸이 굳어 버렸다. 마치 천적을 만난 작은 동물처럼 말이다.

그건 상태 이상에 해당하는 현상이었다.

물론 정신력이 높거나 능력이 높은 오크들은 억지로 그 상태를 벗어나서 그를 어떻게든 죽이려고 했지만 자연스럽게 쾌보를 펼치고 있는 가온의 움직임을 따라잡기에는 너무 느렸다.

그렇게 일행의 뒤를 따라 오르던 오크 무리를 이끌던 대전 사장을 척살한 가온은 멈추지 않고 계속 전진했다. 일행이 있는 위치를 기준으로 오른쪽 경사면으로 진입한 것이다.

가온의 이동로는 공교롭게도 오크 무리의 중간이었다. 그 래서 가온이 지나간 영역의 오크는 두 무리로 나뉘어 버렸다.

롬은 그 기회를 놓치지 않았다.

"모두 내려가!"

멍하니 가온의 신출귀몰한 움직임을 지켜보던 전사들이 롬의 명령에 화들짝 놀라더니 이내 정신을 차리고 아래쪽을 향해 달려 내려갔다.

전사들은 오크들과 가까워지는 순간 일단 준비했던 창 한 자루를 던졌다. 그리고 혼란에 빠져 있는 오크들에게 달려들 었다.

오크들은 완전히 공황 상태에 빠져 있었다. 인간 하나가 무리를 파고들더니 무수한 동료 전사들은 물론 무리를 이끌 던 대전사장들을 순식간에 죽여 버린 것이다.

대전사장이 너무 허망하게 죽어 버리자 오크들은 순간 투 기를 잃고 말았다.

게다가 가온의 손에 전사장급들이 도륙된 상태라서 계속

산을 올라 인간을 공격해야 하는지 후퇴해야 하는지 알 수가 없었다.

그렇게 어찌할 바를 모르는 상황에서 거꾸로 인간들이 창을 던지고 공격을 하니 맞받아야 할지 도망을 가야 할지 알 수가 없었다.

그러니 대응이 늦을 수밖에 없었고 결국 하나둘 인간의 무기에 심장이 뚫려 죽어 갈 수밖에 없었다.

거기에 가온이 만든 길의 아래쪽에 있던 오크들이 하나둘 뒤로 꽁무니를 빼니 분위기는 자연스럽게 도망을 치는 쪽으로 바뀌었다.

오크들은 평소 같았으면 팔다리가 떨어져 나가는 중상을 입었어도 본능대로 인간을 공격했을 텐데, 가온의 대검에서 발산되는 신성력으로 인해서 심혼이 위축된 상태에 전사장 이상이 속수무책으로 죽어 나가자 잔뜩 겁에 질려 고블린이나 다름없이 도망을 치고 말았다.

노련한 전사들은 그런 오크의 상태를 한눈에 파악하고 용기백배해서 놈들의 급소를 공격했다.

등급이 높은 전사들은 도망치는 오크를 상대로 큰 전과를 올렸고 나머지 전사들은 창으로 확인 사살을 했다.

어느새 원래의 자리로 돌아온 가온은 마나를 담아 사람들에게 돌아오라고 소리쳤다.

도망친 오크들이 이미 사방으로 흩어진 상태이기도 하지만 키를 넘기는 억새밭으로 들어가 추격을 하다가 예기치 않은 피해를 볼 우려가 있었기 때문이다.

전사들은 상황이 상황인지라 자신이 죽인 오크들에게서 마정석을 적출하는 것으로 아쉬움을 달랬다.

물론 가온도 전리품을 챙겨야 했다. 그래서 돌아다니면서 오크 사체를 잠깐 만지는 것으로 파워드레인 스킬을 시전했다.

실시간으로 흡수되는 엄청난 양의 마나가 가온을 기쁘게 했다. 더블에스급으로 진화한 덕분인지 이전보다 흡수되는 양이 늘어난 것이다.

'시간이 엄청 짧아지긴 했는데 꼭 접촉을 해야 하나?'

더블에스 등급으로 오른 파워드레인 스킬이지만 아직 불편한 점은 있었다. 반드시 접촉을 해야만 했다.

그런데 가온은 문득 대상마다 흡수되는 에너지의 양이 들쑥날쑥하다는 사실을 깨달았다.

'뭐지?'

원래 1마리에서 흡수할 수 있는 에너지는 정해져 있었다. 더블에스 등급으로 진화를 시켰기 때문일 수도 있지만 지금의 경우에는 매번 흡수되는 에너지의 양이 달라지고 있었다.

그래서 벼리에게 변화를 지켜보도록 했다.

'어때?'

―확실히 이상해요. 같은 등급의 오크인데도 매번 흡수되는 에너지의 양이 달라지고 있어요. 제 생각에는 스킬 때문인 것 같아요.

'그게 무슨 소리야?'

―같은 스킬을 사용하고 있음에도 오크의 사체가 많은 곳에서는 흡수되는 에너지가 훨씬 더 많아요. 그리고 사체가 별로 없는 곳에서는 흡수되는 에너지의 양이 아주 미미하고요. 제 생각에는 오빠가 이제 스킬을 시전하면 굳이 접촉을 하지 않아도 일정한 범위에 있는 대상 모두에게서 에너지를 흡수하는 것 같아요.

놀라서 황급히 스킬창을 열어서 파워드레인 스킬의 내용을 상세하게 확인한 가온이 환한 미소를 지으며 고개를 끄덕였다.

파워드레인

등급 : SS

상세

―대상의 육체와 접촉하지 않아도 반경 5미터 안에 있는 대상으로부터 활성화된 마나를 흡수할 수 있다. 높은 확률로 상대의 스텟은 물론 능력까지 흡수할 수 있다.

―사체의 경우 죽은 지 1시간 이내일 것.

―흡수한 마나는 연공을 통해 자신의 것으로 만들지 않으면 열흘 후에 외부로 방출된다.

등급이 오르면서 내용이 이전과 달라진 점이 있었다.

스킬의 발동 조건이 접촉에서 비접촉으로 바뀐 것이 가장 큰 변화였고 흡수한 마나가 몸 안에 머무르는 시간도 하루에서 열흘로 바뀌었다.

'진화를 시킨 보람이 있네.'

아마 스킬 레벨이 올라가면 흡수 시간은 더 짧아질 것이고 비접촉 상태로 흡수할 수 있는 공간의 범위도 확장될 것이다.

'잘됐어. 이렇게 되면 뤼나웜을 대상으로도 스킬을 쓸 수 있어.'

땅속에 서식하는 놈들이라 처리하기도 어렵지만 처리한다고 해도 파워드레인 스킬을 쓰기가 어려웠는데 이로써 해결이 되었다.

무엇보다 사냥이 끝난 후 사체를 일일이 만지는 이상한 모습을 사람들에게 보여 주지 않아도 된다는 점이 마음에 들었다.

전사들이 마정석을 모두 적출했을 때, 피신했던 마부들이 승전 소식을 듣고 밝은 얼굴로 말을 몰고 돌아왔다.

"자, 서두릅시다! 오늘은 늦더라도 타젠 시티에 들어가서 푹 쉬려면 빨리빨리 움직여야 합니다!"

오크를 상대하느라고 시간을 지체해서 모두 힘을 합쳐야

만 했다.

사람들이 바쁘게 움직이고 있을 때 롬과 알파스가 단과 함께 왔다.

"고생하셨습니다."

"온 님이 아니었으면 우리 모두 오크의 먹이가 되었을 겁니다."

롬과 단이 진심 가득한 얼굴로 감사 인사를 해 왔다.

"여러분도 고생했소. 부상자는 얼마나 됩니까?"

전투 지원을 맡았던 단에게 물었다.

"열두 명인데 마법사님들과 사제님이 치료를 해 주셔서 며칠 후면 건강해질 겁니다."

"다행이오."

"마차에 여유만 있다면 오크 사체까지 챙겼으면 좋겠는데 아쉽습니다."

고블린이나 놀과는 다르게 오크의 경우 가치가 높다. 질긴 힘줄과 단단한 뼈 그리고 방호력이 뛰어난 가죽까지 다양한 용도로 활용할 수 있었다.

그때 롬이 큰 주머니 하나를 내밀었다.

"뭐요?"

"적출한 마정석입니다."

"나는 필요 없으니 롬이 알아서 나눠 주시오."

가온은 무리를 이끌던 세 오크 대전사장들의 마정석을 따로 적출해서 챙겼다. 상급에 해당하는 마정석이었다.

"그래도 되겠습니까?"

이번에도 가온 혼자서 죽인 오크가 절반이 훨씬 넘었다.

"괜찮소."

"그럼 사람을 가리지 않고 공에 따라서 정확하게 배분하겠습니다."

"사람들이 모두 온 님의 배포에 감사할 겁니다. 그런데 이상한 점이 하나 있습니다."

롬과 함께 가온에게 감사의 마음을 표현한 알파스가 고개를 갸웃했다.

"뭐가 이상하지?"

"이 근방은 원래 저렇게 많은 오크가 서식하는 곳도 아니지만 오크의 전투력이 제가 알던 것을 능가하는 것 같습니다. 분명 주술사가 안 보였는데 광포화 상태에 빠져 있는 것 같았거든요."

"그 점은 저 역시 알파스와 비슷한 생각입니다. 확실히 그동안 사냥했던 오크들과는 다른 점들이 여럿 있습니다. 가죽도 훨씬 질긴 것 같고 아래쪽에서 위로 올라오는 상황인데도 몸놀림도 굉장히 가벼워 보였습니다. 흉성도 훨씬 더 강해진 것 같고요."

롬도 알파스와 비슷한 의견을 개진할 때 다가온 홀리오가 대화에 끼어들었다.

"마정석도 이상합니다."

"뭐가 말입니까?"

알파스가 물었다.

"마정석이 품고 있는 마나의 양이 굉장히 많은 것도 이상하지만 상태가 너무 혼탁하고 불안정하네. 보통 오크의 마정석과는 많이 다르네."

"그렇습니까?"

마정석은 적출된 상태로는 바로 사용할 수 없다. 마법사들이 가공을 해야만 다양한 용도로 사용할 수 있다. 그러니 알파스나 롬은 마정석의 상태를 알 수가 없었다.

"아무래도 마정석에 뭔가 이질적이면서 파괴적인 속성의 마나가 포함된 것 같네. 오크들이 이런 고산지대로 이동한 것도 사실 이해가 가질 않지만, 그동안 알고 있는 것과 다른 점들도 있고 마정석의 상태도 이상하니 뭔가 위험한 일이 벌어지는 것 같아."

롬과 알파스 그리고 단은 홀리오가 말한 내용을 정확하게 이해하는 건 아니지만 비슷한 생각을 하는지 연신 고개를 끄덕였다.

가온은 그 이유를 알 것 같았다.

'마기로 인해서 마수나 몬스터 들이 강해지고 있는 거야.'

마기의 출처는 던전일 가능성도 있었지만, 가온은 그 원인이 뤼나웜일 거라고 생각했다.

벼리와 리치 파넬이 공동으로 연구해서 밝혀낸 미세 마정석의 특징 중 하나가 바로 아무런 자극을 주지 않아도 마나를 방출한다는 점이다.

금이나 은과 같은 보석과 함께 땅속에서 채굴할 수 있는 마나석이나 마수와 몬스터가 품고 있는 마정석은 특별한 가공 과정을 거치고 마나 주입 등 특정한 자극을 주어야만 마나를 방출하는 것과 항상 마나를 방출하는 미세 마정석은 전혀 달랐다.

'그래서 대기 중 마기의 농도가 높아지고 마기에 친화력이 높은 마수와 몬스터들이 마기를 받아들여서 강해지고 있는 거야.'

이렇게 되면 더 빨리 마기의 출처인 뤼나웜을 박멸할 필요가 있다.

하지만 가온은 그런 사실들을 굳이 입 밖으로 꺼내지는 않았다. 믿기 힘들뿐더러 증거도 없었기 때문이다.

"아무튼 우리야 세상에 어떻게 변하든 살아남아야 하니 거기에 최선을 다하는 방법밖에는 없습니다."

단의 말이 맞았다. 이게 인간이 살아가는 근원적인 이유였다.

이렇게 삶에 희망을 가지고 적극적으로 살아가는 이들이 있기에 문명이 멸망하지 않고 다시 일어날 수 있는 것이다.

"어차피 현재로서는 답이 없는 문제이니 출발할 준비를 합시다."

　가온의 말에 사람들은 분주하게 움직였다. 어둠이 내리기
전에 타젠시에 들어가려면 서둘러야만 했다.

아레오

그날 저녁 무렵이 되어서야 경유지인 타젠 시티에 도착했다.

이곳에는 단 상단의 분점이 있었고 큰 규모의 여관도 따로 운영하고 있었기에 가온 일행은 제대로 푹 쉴 수 있었다.

아무리 노숙이 일상인 생활을 한다지만 밖에서 자는 것은 불편할 수밖에 없었다. 먹는 것도, 씻는 것도, 자는 것도 불편하기에 이렇게 제대로 된 여관에 묵으면 기운이 날 수밖에 없었다.

씻는 등 개인 정비를 하고 늦은 저녁 식사를 한 사람들은 삼삼오오 모여서 차를 마셨다.

예전 같으면 술을 마셨을 텐데 지금은 곡물이 비싸서 어느 도시건 양조 행위를 금지했고 그 기간이 길어진 관계로 재고가 바닥이 났기 때문에 술값이 너무 비싸졌다.

가온은 차 한 잔만 마시고 자신의 거처로 향했다. 경외심이 가득한 사람들의 시선이 부담스러웠기 때문이다.

단이 신경을 써 주었기 때문에 방 두 개짜리 독채를 쓰게 되었다.

자기에는 아직 일러서 뭘 할까 고민하고 있는 중에 손님이 찾아왔다. 바로 아레오와 레비야였다.

"어서들 와."

"쉬는데 방해한 건 아니죠?"

"아니야. 안 그래도 심심했었어."

사실 시장에 들러 볼까도 생각했는데 단이나 잠이 말하길 요즘과 같은 때는 어느 도시건 물가가 크게 오른 상태이고 물건이 제대로 공급되지 않아서 시장에 가도 살 수 있는 것이 별로 없다고 해서 포기했다.

"가볍게 한 잔 마실까?"

혼자서 술을 마시는 건 왠지 내키지 않았고 그렇다고 사람들 앞에서 내놓으면 순식간에 사라질 것 같아서 못 마시고 있었다.

"술을 가지고 있어요?"

레비야가 눈을 크게 뜨며 말했다. 가온의 짐을 본 적이 있는데 굉장히 단출했다.

"이 오빠 아공간 주머니를 가지고 있어."

"아하! 부자네요."

"아공간 주머니 가격이 어때? 나는 누구에게 선물을 받은 거라서 가치를 잘 모르거든."

가온이 아공간 주머니에서 맥주 작은 통 하나와 말린 과일들을 꺼내며 물었다.

로턴 왕국 출신의 연금 마법사들이 만든 아이템들을 사기는 했지만 이 세상에는 마탑이 따로 없어서 다른 아이템은 보거나 들은 적이 없었다.

"1입방 세비야트의 공간을 가진 주머니가 대략 3천 금 정도 해요."

"1세비야트면 얼마나 크지?"

"이 정도요."

아레오가 허리에 매고 있던 끈을 풀어서 눈금이 표시된 부분까지 펴며 보여 주었다.

'대략 1미터 정도네.'

탄 차원과 비교를 하면 꽤 많이 비싼 것 같다. 거기에서는 마차의 화물칸 용량이 기준이기 때문에 훨씬 더 컸다. 상대적으로 가격도 낮은 편이고.

"엄청 비싸죠? 그래도 없어서 못 사요. 숙련된 6등급의 연금 계열 마법사도 1년에 두 개 정도밖에 못 만들거든요. 들어가는 재료도 굉장히 귀한 것들이고요."

아무래도 이곳은 마법이 검술에 비해 상대적으로 발전하지 못한 모양이다.

"아레오, 그런데 마법은 어떻게 발현해? 주문을 외우거나 수결을 맺는 등 발현에 필요한 준비 과정을 못 본 것 같은데. 특별히 마법에만 사용되는 문자나 소리가 따로 있는 거야?"

"오빠는 참 희한해요. 골드 상급 전사라면 당연히 알고 있어야 할 상식을 너무 몰라요."

그렇게 운을 띄운 아레오가 다시 입을 열었다.

"마법에 입문하려면 일단 마나 친화력이 높아야 해요. 그래야 의지를 통해서 몸 안에 마나하트를 만들 수 있어요. 그리고 머리, 특히 현상을 정확하게 이미지화할 수 있는 능력이 있어야 해요. 마법은 의지에 화답한 몸 안팎의 마나가 만들어 내는 이적이니까요."

가온은 아레오의 설명을 들어도 이해가 되지 않았지만 그가 이곳의 마법 체계에 대한 질문을 할 때부터 신경을 쓰고 있었던 벼리와 파넬의 반응은 달랐다.

ㅡ의념 마법!

ㅡ의지 마법이다! 그래서 지팡이나 완드와 같은 보조 도구를 사용하지 않았어.

의념 혹은 의지 마법에 대해서는 가온도 어디선가 본 적이 있었다.

'정확한 이미지를 그린 후 강한 집중력과 의지로 염원하는

방식으로 마법을 발현한다고 했던가?'

아마 맞을 것이다.

―어쩌면 대기 중의 마나 농도가 높아서 굳이 체내에 마나 링을 몇 개씩 만들고 마법 지팡이와 같은 보조 도구를 쓰지 않고도 마법을 발현할 수 있을지도 모르겠네요.

가온도 벼리와 비슷한 생각을 하고 있었다.

'그래서 굳이 매직 아이템을 발전시킬 필요가 없었는지도 모르겠네.'

"이 세상에는 마법사가 많아?"

"전사에 비하면 턱없이 적어요. 저희 사제들과 비슷할걸요."

아레오가 그것도 모르냐는 얼굴로 황당해할 때 레비야가 대신 대답했다.

세 사람은 건과를 안주 삼아서 맥주를 마시면서 이런저런 얘기를 나누었는데, 이 세상에 대해서 아는 것이 많지 않은 가온은 주로 듣는 쪽이었다.

그래도 생소한 정보들을 알아 가는 재미가 있어서 전혀 심심하지 않았다.

그러다가 화제가 가온에게 돌아갔다.

"오빠는 어느 나라, 어느 가문 출신이에요?"

레비야가 눈을 빛내며 물었다.

"얘는. 오빠 곤란하게. 그런 건 묻는 거 아니야."

가온이 대답을 주저하자 눈치가 빠른 아레오가 배려를 해주었다.

"그건 나도 아는데 너무 궁금해서 그래. 오빠 나이에 검기를 이렇게나 능숙하게 쓰는 실력을 가지고 있고 전설에나 나올 법한 활 솜씨를 가진 사람이라면 우리가 아는 가문 중 한 곳 출신일 것 같아서……."

레비야에 말에 아레오도 호기심을 참을 수가 없는지 입을 닫고 그를 쳐다봤다.

"흠. 나중에 알려 주면 안 될까?"

"알겠어요. 물어본 제가 실례를 한 건데요, 뭐."

"그나저나 아레오, 마법은 보통 어떻게 배워?"

"마법사의 대다수가 선택하는 연금 계열의 경우에는 일정한 시기에 제자를 선발하는 의식을 치르지만, 저희와 같은 전투 마법사들의 경우에는 마법사가 수행을 나올 때 자질이 있는 아이를 발견하면 부모의 허락을 받은 후에 데리고 와서 돌아가면서 가르쳐요. 확실하게 마나하트를 만든 후에는 정식으로 학파에 입문하게 되고요."

자신의 질문이 좀 이상했는지 알고 싶은 것과 약간 괴리가 있는 대답이 나왔지만, 다시 묻지는 않았다.

'이 세상에는 마탑이라는 거대 세력은 없고 학파를 형성해서 소수로 마법을 전승하는 모양이네.'

그렇게 정리를 하자 이제까지 궁금했던 것이 하나 생각났다.

"아레오의 마법 실력은 보통 마법사에 비해서 어떤 편이
야?"

나이가 거의 두 배는 차이 나는 홀리오도 같은 4급 마법사
라고 하니 실력이 좋은 거 같은데, 비교 대상이 너무 적어서
판단을 내리기가 힘들었다.

"언니는 천재예요!"

아레오가 머뭇거리는 사이에 레비야가 대답했다.

"언니 나이에 4급 마법사가 된 건 제가 알기로 마법 역사
에서도 손꼽히는 희귀한 사례예요. 현존하는 최고의 마법사
가 6급인데 대륙에 채 열 명도 안 되고, 5급이라고 해도 오십
명도 안 된다는 것을 생각하면 정말 대단한 거라고요."

동생의 칭찬이 부끄러운지 얼굴을 붉히는 아레오가 부인
하지 않는 것을 보면 사실인 것 같았다.

"그나저나 아레오는 마법을 마법서로 익히나 아니면 구술
로 지도를 받나?"

"3급까지는 학파의 어른들에게 돌아가면서 전수를 받지만
4급부터는 마법서를 읽거나 구술로 전수받은 내용을 혼자
연구하는 방식으로 수련을 해야만 해요. 해석에 따라서, 마
나의 기질에 따라서 마법을 사용하는 방식이나 위력이 완전
히 달라지거든요."

의념 마법이라서 그런지 탄 차원과는 마법 체계가 아예 다

른 것 같았다.

좀 아쉬웠다. 가온은 이 세상의 강자들을 찾아서 자신의 동료를 만들 생각을 했지만 아레오의 능력을 보고 실력이 출중한 마법사 한 명만 더 있으면 좋겠다 싶었기 때문이다.

레비야는 아레오가 천재라고 했지만 가온의 눈에는 차지 않았다. 의지와 연상력만으로 마법을 발현하는 건 참으로 대단하지만 그녀의 마법 실력은 탄 차원에 가면 3서클 마스터 정도에 불과했다.

하지만 자칭 타칭 천재라면 투자할 가치는 충분히 있었다.

"혹시 전투 마법에 능한 5급이나 6급 마법사와 만날 수 있을까?"

"무슨 일로요?"

"의뢰할 것이 있어서."

"힘들 거예요. 그 정도 경지의 마법사는 대부분 폐관 수련을 하거든요. 죽을 때까지 세상에 나오질 않아요."

이 세계의 마법사는 일종의 구도자인 모양이다. 세상사에는 전혀 관심이 없고 오직 한 가지 길을 위해서 정진하고 공부하는.

'차라리 아레오를 좀 키워 볼까?'

갓상점에서 구할 수 있는 매직북이라면 아레오의 마법 실력을 더 빠르게 키워 줄 수 있을 것 같았다.

하지만 그 전에 확인할 것이 있었다.

"아레오, 혹시 갓상점이나 명예 포인트라는 단어를 들어 봤어?"

곰곰이 생각하는 것 같아서 기대를 했지만 아레오는 결국 고개를 저었다.

"레비야도 들어 본 적이 없고?"

"네. 그게 뭔데요?"

"나도 어디서 들어 본 말이야."

갓상점이라는 단어를 들어 본 적이 없다면 설명이 무용하기에 그렇게 넘겼다.

그런데 그때 아레오가 예기치 않은 질문을 했다.

"혹시 오빠는 던전 공략자인가요?"

"던전 공략자? 그게 뭔데?"

가온 대신 레비야가 물었다.

"나도 어른들에게 얼핏 들은 얘기인데 던전만 전문적으로 공략하는 그룹 혹은 세력이 있다고 했어. 일부 마법사도 포함되어 있고. 던전 공략자는 능력도 뛰어나야 하지만 우리 세상의 신들에게 선택을 받은 이들이라서 무한하게 강해질 수 있다는 믿을 수 없는 얘기를 들었어."

"던전이라면 다른 차원과 연결된 일종의 차원 게이트로 다른 차원에 서식하는 마수와 몬스터 들이 나오는 장소잖아. 국가의 높은 분들이나 현자들도 던전은 위험한 곳이라서 들어가면 안 된다고 하지 않았나?"

둘의 이야기를 들어 보니 던전에 대한 정보는 아주 피상적으로만 공개된 것 같았다.

'이곳 역시 기득권층이 던전에 대한 정보를 거의 독점하고 있네.'

그렇다면 갓상점에 대한 정보 역시 비밀로 유지하고 있을 것이 틀림없었다.

'아레오를 데리고 한번 던전을 들어가 볼까?'

이곳에도 정보를 다루는 단체가 없지는 않을 테니 한번 알아봐야 할 것 같았다.

"맞나요?"

혼자만의 생각에 빠져 있을 때 아레오가 다시 물었다.

"맞아. 사실 오랫동안 던전에 혼자 갇혀서 공략을 하고 있었어. 그래서 뤼나윔이 출현한 것도 몰랐지."

"그럼 최소한 5년 이상 있었던 거네요?"

가온은 그냥 고개를 끄덕였다.

"오빠가 말한 갓상점과 명예 포인트는 던전과 관계가 있는 거죠? 나이와 어울리지 않는 높은 능력도 던전에서 얻은 거고요?"

역시 마법사답게 영민한 아레오는 가온의 말에서 진실에 가까운 사실을 뽑아냈다.

"그러네. 오빠 나이에 이렇게 지고한 수준의 능력을 가지는 건 말도 안 되니까. 뭔가 폭발적인 성장을 할 수 있는 환경에서 지냈던 것이 틀림없어."

두 사람이 알아서 묻고 대답하면서 정답을 찾았다.

이곳이 아니라 탄 차원이긴 하지만 던전이 폭발적인 성장의 무대가 되어 준 것은 사실이다.

"오빠, 혹시 저와 던전을 같이 공략해 줄 수 있어요?"

뜻밖의 부탁이지만 강한 흥미가 생겼다.

"아레오가 알고 있는 던전이 있는 거야?"

"네. 저도 우연히 알게 된 사실인데 저희 학파에서 우연히 발견한 던전이 있어요. 그리고 세 분이 꽤 유명한 전사대를 고용해서 들어가셨다고 해요. 그런데 6개월이 지나도 나오질 않고 있어서 다른 분들이 걱정을 많이 하고 있어요."

역시 아레오는 던전에 대해서 알고 있었다.

"어디에 있는 던전이지?"

"알레랑에서 일주일 거리의 단첸산에 있다고 들었어요."

마침 잘됐다. 이 세계의 던전은 어떤지 확인해 보고 싶었다.

"좋아. 그렇게 하자."

던전은 물론 이 세계에서도 갓상점 시스템이 적용되는지 확인할 수 있는 좋은 기회다.

'잘하면 아레오의 실력을 키울 수도 있고.'

그렇게 던전에 대한 화제로 한참 대화를 나누다 보니 어느새 둘 다 꾸벅꾸벅 졸기 시작했다.

'언제 다 마신 거지?'

자신은 신경 쓰이는 게 많아서 별로 안 마셨는데 맥주통이 비어 있었다. 대부분을 둘이 마셔 버린 것이다.

"일어나! 방에 가서 자야지."

대답이 없고 흔들어도 깨지 않는 것을 보니 잔뜩 취한 모양인데 그래도 주정을 부리지는 않아서 다행이다.

마침 방 하나가 비어 있어 일단 두 사람을 그곳으로 옮겼다. 술에서 깨면 알아서 자기들의 숙소로 갈 것이다.

'그나저나 왜 자꾸 아레오에게 마음이 가는 거지?'

참으로 이상한 일이다. 자신에게는 투하란이 있는데 자꾸 아레오에게 시선이 가고, 자신을 좋아하는 것이 확실한 그녀가 매력적이라고 생각하는지 모르겠다.

그렇게 두 사람을 처리한 가온은 시간도 애매하고 수련할 생각도 나지 않아서 혼자지만 술을 한잔 더 마시기로 했다.

사실 잠을 청하기에 그리 이른 시간은 아니었다. 탄 차원의 도시는 보통 마력 등을 사용해서 늦게까지 사람들이 돌아다니지만 이곳은 마법 물품이 발달하지 않아서 그런지 벌써 주위가 조용해진 상태였다.

하지만 생체 시계는 정확해서 가온에게는 아직 이른 시간이었다.

의뢰와 던전 등 다양한 화두로 사색에 잠겨 술을 마시고 있는데, 누가 문을 두들겼다.

"벌써 깼어? 건너가려고?"

아레오였다. 그새 술이 깼는지 아직 붉은 얼굴로 방으로 들어온 아레오는 말없이 잔을 내밀었다.

"더 마시려고?"

"오늘은 좀 마시고 싶어요."

울적해 보이는 얼굴은 아니지만 술을 마실 줄 아는 사람에게는 이유 없이 술을 마시고 싶은 날이 있긴 했다.

맥주통을 하나 더 꺼낸 가온이 주석잔에 맥주를 가득 따라 주었더니 단숨에 그것을 다 마셔 버린다.

"무슨 일 있어?"

잔을 다시 채워 주며 조심스럽게 물었다.

"오빠, 레비야와 키스했죠?"

"……봤어?"

그럴 것 같지는 않은데 다 알고 묻는 것 같았다.

"레비야가 얘기해 주었어요."

그런 얘기를 나눌 정도로 친한 사이인 모양이다.

"오해하지 마. 축복을 받는 의식이었으니까."

"레비야도 그렇게 말은 했는데 너무 좋았나 봐요. 걔, 옷차림이나 행동과 달리 아직 남자와 사귀어 본 경험은 없거든요. 오빠에게 푹 빠진 것 같아요."

"나한테?"

레비야의 눈치가 좀 이상하긴 했지만 상황이 급박해서 진

지하게 생각할 여유가 없었다.

"오빠는 레비야에게 마음이 전혀 없나요?"

왠지 가온을 나쁜 남자로 생각하는 것처럼 물었다.

"당연히 전혀는 아니지. 레비야처럼 젊고 아름다운 여자가 날 좋아해 주는데 왜 관심이 안 가겠어. 나도 남자인데 날 좋아하는 여자에게 마음이 안 간다면 이상하지 않겠어?"

"그럼 전 어때요?"

그렇게 묻는 아레오의 모습은 아까 자신이 안아서 건너편 방에 데려다줄 때와 좀 달랐다. 평상복이기는 하지만 단추를 몇 개 풀었더니 아까와 달리 처음에 느꼈던 색기가 확 느껴졌다.

술을 마셔서 그런 건지 아까 낮에 레비야랑 그런 사건이 있어서 그런지 모르겠지만 피가 확 끓어올랐다.

처음에는 요염한 색기가 눈을 끌었지만 동행하면서 그보다는 오히려 자신에게만 눈에 띄지 않게 배려해 주는 모습에 마음이 흔들렸는데 또다시 그때의 모습으로 돌아왔다.

"무슨 의미야?"

"처음에 오빠를 보는 순간 몸에 전기가 왔어요. 현실에서는 일어나지 않을, 이야기에서나 나올 법한 반응이었어요. 첫눈에 반한다는 게 어떤 건지 확실히 알았어요. 그리고 여기까지 오는 동안 더욱 좋아하게 되었고요."

뭐라도 얘기를 해야 할지 모르겠다. 이런 식의 사랑 고백은 탄 차원은 물론 지구에서도 받아 본 적이 없었으니까.

"절 어떻게 생각하실지 모르겠지만 남자에게 이런 감정을 품게 된 건 처음이에요."

그렇게 말하더니 창피한지 더욱 붉어진 얼굴로 고개를 푹 숙였다.

'뭘 어떻게 해야 하는 거지? 나 역시 처음 만났을 때 비슷한 감정을 느꼈다고 말해야만 하나?'

―일단 안아 주세요, 주인님.

상황을 지켜보고 있었는지 왠지 삐친 것 같은 느낌이 드는 앙헬의 의념이 전해졌다.

―여자가 이 정도로 고백을 하는데 거절을 하더라도 일단 따듯하게 안아 줘야지요.

생각해 보니 그건 맞는 것 같다. 나이도 그렇고 처음의 요염한 자태를 생각하면 남자 경험이 전혀 없다는 것이 믿어지지 않지만, 지금 고개를 푹 숙이고 있는 것도 그렇고 얼굴도 터질 것처럼 붉어진 것을 보면 부끄러워하는 건 사실이다.

가온은 두 손을 벌렸다.

그러자 기다렸다는 듯 아레오가 안겨 왔다.

"제 마음을 받아 줘서 고마워요, 오빠."

뭐라고?

이건 앙헬의 조언과는 달랐다. 아레오는 가온이 자신의 마음을 받아 주었다고 생각한 것이다.

그런데 뭘 어떻게 하기도 전에 아레오가 과감하게 자신의 마음을 행동으로 표현했다. 바로 그의 목에 팔을 감고 키스를 해 온 것이다.

가온은 그런 그녀를 도저히 거부할 수가 없었다. 호감이 없는 것도 아니었거니와 아레오를 안은 순간 뼈가 없는 것처럼 부드러운 그녀의 몸이 주는 감촉과 그녀가 풍기는 독특한 향기에 취해 버렸다.

사실 가온도 아레오가 좋았다. 처음 만났을 때 눈을 확 끄는 미모나 요염한 매력도 그랬지만, 남들에게는 차갑고 도도하게 대하는 그녀가 자신에게만 유독 부드럽고 살갑게 대하는 태도를 통해 자신에 대한 호감은 이미 느끼고 있었다.

이미 투하란을 통해서 여자를 알게 된 가온이 열정에 들뜨긴 했지만 뭘 어떻게 해야 할지 모르는 아레오를 리드했다.

둘 다 서로에 대한 호감이 있었고 나이도 먹을 만큼 먹은 사람들이었기에 키스는 키스로 끝나지 않았다.

곧 방 안에는 열풍이 불었고 그 열풍은 어느새 차가워진 바깥 기온과는 상관없이 아주 오래 불었다.

다음 날 새벽, 잠을 자기가 애매해서 몸도 풀 겸 공들여 수련을 한 후 씻고 나온 가온은 레비야가 머리를 움켜쥐며 흐트러진 모습으로 방에서 나오는 모습을 볼 수 있었다.

"오빠!"

황급히 부었을 자신의 얼굴을 가리는 레비야의 모습이 귀엽다.

"머리 아파?"

"아니, 네에. 히잉! 머리가 깨질 것 같아요."

레비야는 아레오와 달리 주량이 약했다.

"주량껏 마시지 그랬어?"

"그게 기분이 좋아서 그만……."

"이걸 좀 마시면 나아질 거야."

가온은 미리 준비했던 허니비의 꿀을 희석시킨 포션을 주었다.

"뭐예요?"

포션이 존재하지 않는 세상이니 이것도 몰라본다.

"특별한 종류의 벌이 모은 꿀을 물에 탄 거야."

"혹시 던전에서 얻은 거예요?"

술에 취하긴 했지만 어제 나눈 얘기는 다 기억하는 것 같았다.

"맞아. 몸과 마음이 지치거나 몸 상태가 좋지 않을 때 마시면 금방 회복시켜 주는 효과가 있어."

"살았다! 잘 마실게요."

단번에 뚜껑을 따서 허니비 꿀을 마셔 버린 레비야가 부은 자신의 얼굴을 내보인 것을 깨달았는지 황급히 방 안으로 들어갔다.

"이건 아레오가 깨면 전해 줘. 그리고 조금 더 쉬도록 해."

"네, 오빠. 고마워요."

방문을 살짝 연 레비야가 병을 채 가더니 금방 다시 닫혔다.

그 모습을 본 가온은 내심 안도했다.

'다행히 모르는 모양이네.'

자신과 함께 뜨거운 밤을 보낸 아레오는 새벽이 되어서야 아쉬운 얼굴로 건너갔다.

어젯밤에 아레오와 깊은 관계를 맺은 가온은 왠지 레비야가 신경 쓰였다. 어쨌거나 아레오가 먼저 자신에게 호감을 드러내고 자신 역시 호감을 가졌지만 행동은 레비야가 더 빨랐다.

'레비야와는 거리를 좀 두어야겠다.'

어제 사랑을 나누는 동안 많은 대화를 나누었는데 아레오는 생각보다 훨씬 더 똑똑하고 지혜로운 여자였다.

그러니 처신을 잘하겠지만 레비야의 축복을 받아야 하는 경우가 생기면 어떻게 해야 할지 아무리 생각해도 답이 안 나왔다.

이후 일정은 순조로웠다. 타젠시에서 알레랑까지는 오가는 사람도, 상행도 많았으며 마차로 반나절 거리마다 작은 도시들이 자리하고 있었다.

그렇게 도착한 알레랑은 현재는 많이 의미가 퇴색했지만 다리안 왕국의 수도였다.

'해발 2천 미터 높이에 건설된 것치고는 굉장히 크네.'

넓은 고원평야에 자리를 잡은 알레랑은 뤼나월 사태로 인해서 상주인구가 70만에 유동인구가 그 못지않게 많아져서 유명무실해진 다른 나라의 수도와 달리 다리안 왕국의 수도 역할을 하고 있었다.

고원의 중앙에 위치한 거대한 호수는 수량이 풍부해서 어부들이 꽤 많았고 그 호수 덕분에 목축이 발달했다.

기온이 낮아서 농사는 어렵지만 이곳에서 기르는 가축은 다리안 왕국민이 필요로 하는 육류를 충분히 공급할 수 있을 정도라고 했다.

원래 자유도시로 출발했고 고원도시였기 때문에 성곽도 따로 없었다. 농사와 목축이 발달하긴 했지만 수확량이 엄청난 것은 아니어서 이 높은 고원평야까지 욕심을 낼 타국도 없었고 사냥꾼들이 많아서 그럴 엄두도 내지 않았다.

상행은 일단 단 상단의 지부로 향했다.

가온은 단 상단주로부터 감사 인사와 함께 200금을 받았다.

"안 줘도 되오."

"아닙니다. 지금과 같은 상황에서는 가죽과 마정석 들보다 더 귀한 식량을 빚까지 내어 구입했습니다. 만약 온 님이 아니었다면 본 상단은 파산하고 말았을 겁니다."

그렇게까지 말한다면 안 받을 수가 없다.

"정 그렇다면 받겠소."

"나중에 혹시 기회가 된다면 다시 한번 인연을 맺었으면 좋겠습니다."

"그럽시다."

그렇게 단과 호위들 그리고 상인과 마부들의 감사 인사를 받고서야 비로소 움직일 수 있었다.

본래의 상행을 이끄는 쟘과 자브레는 일행을 이끌고 시장 근처에 있는 여관 거리로 향했다. 그리고 이곳에 올 때면 반드시 묵는다는 단골 여관으로 들어갔다.

"덕분에 무사히 상행을 마칠 수 있었습니다. 온 님을 포함한 모든 분들께 감사드립니다. 바로 잔금을 드리겠습니다."

쟘은 시간을 끌지 않고 호위로 동행한 사람들에게 약속한 잔금을 지급했다. 그 돈은 거래하기로 한 단에게 융통했다고 알파스가 귀띔을 했는데, 위험한 길이었던 만큼 원래 약속한 것보다 2할 정도를 더 지급했다.

가온도 100금을 받았다.

300금이나 되는 거금을 손에 넣었지만 막상 쓸 곳은 없었다. 이곳은 탄 차원과 달리 유용한 아이템은 물론 식량마저 부족한 세상이었다.

"온 님은 이제 어디로 움직이십니까?"

잠은 다음 상행에서도 온이 함께하기를 바라는 얼굴로 물었다.

"아직 생각해 보지는 않았소."

"이번 상행을 제대로 마무리하고 한 끼 대접하고 싶은데 시간이 되실까요?"

"돌아가는 상황을 좀 지켜봅시다."

"네. 아무튼 건강한 모습으로 다시 뵀으면 좋겠습니다."

잠에 이어 자브레를 비롯한 상인들이 마부들과 함께 와서 인사를 했다. 그만큼 온에게 고마웠다. 온이 아니었으면 백이면 백, 죽고 말았을 테니 말이다.

다른 이들보다 몇 곱절이나 시간을 들여서 인사를 나눈 후 밖으로 나오니 알파스와 아레오 그리고 레비야가 기다리고 있었다.

"온 님, 며칠 전에 말씀드린 대로 식사를 대접하고 싶습니다."

알파스는 이틀 전에 알레랑에 도착하면 자신들이 잘 아는 음식점에서 특별한 요리와 술을 대접하고 싶다는 말을 했었고 가온은 별생각 없이 받아들였다.

그래서 가온은 아무 생각 없이 수락하려고 했는데 아레오가 나섰다.

"온 님은 우리와 생사의 신전에 가실 예정이에요."

오늘 간다고 하지는 않았지만 빨리 다녀오는 것도 나쁘지는 않을 것 같아 아무 말도 하지 않았다.

"신전에요? 음. 그럼 내일 저녁은 어떨까요?"

레비야를 다소 겁먹은 눈으로 쳐다본 알파스가 일정을 바꾸었다.

가온은 흔쾌히 그 제안을 받아들였다.

"그렇게 합시다."

"어디에서 묵으실 건지 알려 주시면 모시러 가겠습니다."

"달빛 궁전으로 오세요."

이번에도 아레오가 대신 대답을 했다.

"그럼 저녁 식사 시간에 맞추어서 모시러 가겠습니다. 다들 목숨값을 갚겠다며 잠이 준 보너스를 내놓았으니 기대해도 될 겁니다."

"기대하겠소."

그렇게 알파스까지 사라지자 이제 세 사람만 남았다.

"신전에 간다고?"

"아니, 그건 그냥 한 말이에요. 달빛 궁전은 숙박료가 비싸서 전사들이 따라올 것 같지 않거든요. 우리끼리 오붓하게 지내고 싶어서요."

그건 가온도 찬성이다. 하루 정도는 푹 쉬고 싶었다.

"레비야는?"

"전 일단 신전에 가서 보고를 해야 해요."

"그럼 보고를 하고 달빛 궁전으로 와."

"시간이 늦어서 나올 수 있을지 모르겠네. 일단 알겠어."

아레오의 말에 그렇게 말한 레비야가 아쉬운 얼굴로 멀어졌다.

"우리가 갈 곳이 설마 진짜 궁전은 아니지?"

"호호호. 당연히 아니죠. 지난번에 들른 적이 있는데 깨끗하고 시설이 좋더라고요."

사람들이 사라지자 아레오의 얼굴이 부드럽게 풀리며 교태까지 부렸다.

"일단 가자."

"네."

아레오가 바로 가온의 팔짱을 끼더니 그를 안내했는데 어쩌면 다른 사람들이 있는 자리와 가온과 단둘이 있는 자리의 얼굴이나 태도가 이렇게 다른지 모르겠다.

생사의 신전

레비아는 끝내 오지 않았고 아레오와 가온은 그야말로 꿀과 같은 달콤한 시간을 즐겼다.

사랑의 행위도 마음껏 나누었지만 굉장히 많은 얘기를 나누었다.

아레오는 상처가 많은 여자였다. 돈이 필요했던 부모는 여행을 하다가 그녀의 재질을 알아본 마법사에게 겨우 여섯 살인 그녀를 얼마 안 되는 돈을 받고 팔았다.

"흔한 얘기죠. 연금 마법사가 마법에 재질이 있는 아이를 사다가 마법의 기초만 가르치고 성인이 넘을 때까지 마법 공방에 가둬 두고 단순 작업을 시키는 거였어요."

그래도 운이 좋기도 했다. 열네 살에 우연히 공방에 들른

한 전투 마법사가 그녀의 마나하트가 굉장히 크다는 것을 확인한 것이다.

"저희 학파는 4급이 되기 전까지는 수시로 수행을 하면서 학파에서 필요로 하는 마법 재료 등 필요한 자금은 물론 제자들까지 구해야만 해요. 저를 알아보고 공방에서 빼 주신 미우크 님도 그 당시 3급이셨어요."

"4급이 되는 건 어려운 것 같네?"

"네. 보통 마흔 살이 넘어야 4급이 되거든요."

"우리 아레오가 천재라는 말은 사실이었네."

"많은 사람들이 천재라고 불러 주긴 하지만 제겐 민망한 말이에요. 당장 오빠만 해도 천재 중의 천재잖아요."

말은 그렇게 했지만 아레오는 이 나이에 4급 마법사가 된 것에 대해서 자부심을 가지고 있는 것 같았다.

"그런데 아레오도 3급일 때 그와 같은 일을 했던 거야?"

"저의 경우 기존의 마법을 좀 더 쉽고 빠르게 시전할 수 있는 방법을 개발해서 의무를 면제받았어요."

"그럼 왜 수행을 나온 거야?"

"저는 마법을 익혔고 발현할 수 있다고 해서 제대로 된 실력은 아니라고 생각해요. 꼭 필요할 때 상황을 해결할 수 있도록 빠르게 마법을 시전할 수 있는 능력이 더 필요하다고 생각하고요. 그래서 3년 전부터 수행을 나왔어요."

"수행이라면 이번처럼 주로 의뢰를 받아서 해결하는 일이겠네?"

"반드시 그렇지는 않아요. 부유하고 강대한 세력에 고용되어 이런저런 일을 해 주는 한편 개인적인 마법 연구를 하는 방식이 가장 많거든요. 하지만 저는 그런 식으로는 마법 실력을 상승시킬 수 없다고 생각해서 이런 의뢰를 수행하는 쪽을 선택했어요."

아레오는 마법에 대해서 자신만의 기준이 확실하게 서 있었다.

"그런데 왜 평소에는 차가운 얼굴을 하고 있는 거야?"

"보통 마법사라고 하면 사람들이 많이 두려워하거든요. 수행을 나오는 마법사는 안전을 위해서 보통 저주와 관련된 마법을 익히고 있으니까요."

"사람을 개구리로 만드는 것 같은?"

"호호호. 그 정도는 아니에요. 다만 성 기능을 잃게 만들거나 심각한 변비를 유발하는 등 외견상으로는 멀쩡하지만 사람을 불행하게 만드는 거죠. 물론 그것만으로도 사람들은 충분히 두려워해요. 하지만 여자의 몸으로 이런 상행에 합류하는 건 무척 어려워요. 지금은 그래도 술을 마시기 힘들어서 사고가 발생할 여지가 적지만 전사들 중에는 술에 취하면 눈이 돌아가는 종자들이 많거든요."

아마도 강간을 하려고 시도하는 것이 대표적인 예일 것이다.

"그런 일이 몇 번 있었고 호되게 응징하는 과정에서 느낀 것이 있어요. 아무리 술에 취해도 감히 실수할 수 없도록 강한 인상을 주는 편이 서로에게 좋은 일이라는 것을요."

그 말을 들으니 아레오가 왜 자신과 다른 사람들에게 다른 얼굴을 하고 다르게 행동하는지 알 것 같았다.

"오빠, 혹시 던전에서 무슨 일이 생겨서 예전 일이 기억나지 않는 거 아니에요?"

"……그렇게 보여?"

"네. 오빠처럼 강한 전사가 위세도 전혀 부리지 않고 세상 물정도 거의 모르잖아요. 가문 얘기가 나올 때도 난감한 얼굴이 되는데 슬프거나 분노한 기색이 전혀 없으니 멸문을 한 것 같지도 않고요."

그동안 동행하면서 자신에 대해서 많이 관찰한 모양이다.

가온은 사실 자신이 차원을 건너왔다는 얘기를 할 수가 없어서 차라리 잘됐다는 생각이 들었다.

"그래도 해야 할 일이 하나 있어."

"뭔데요?"

"나와 잘 어울리는 동료들을 구해서 뤼나웜을 이 세상에서 완전히 사라지게 만드는 거야."

"특별한 이유라도 있나요?"

"아레오의 말대로 몸과 영혼에 새겨진 스킬들을 빼면 기억을 잃은 상태로 던전에서 나왔어. 마침 그곳은 뤼나웜이 쓸고 간 지역이라서 아무것도 없더라고. 가끔 나타나는 돌산 위에나 모든 것이 부족한 사람들이 간신히 명줄만 이어 가고 있었어. 그렇게 레인시로 가는 동안 많은 생각을 했어. 내가 가진 능력으로 뭘 해야 할까? 먹고사는 건 별로 관심이 없고 돈 역시 그다지 욕심이 가질 않아."

"그래서 세상을 구해야겠다고 마음을 먹은 거예요?"

"꼭 세상을 구하겠다고 거창하게 생각한 것은 아니야. 다만 내 성을 들은 한 노인이 말하길 그런 성은 이미 멸망한 로턴 왕국의 올센 지역에서만 사용한다고 말해 주더라고. 올센은 사람들이 피난할 여유도 없이 뤼나웜에 포위되어 멸망을 했다는 말과 함께. 그 말이 맞는다면 내 가문, 내 가족은 뤼나웜에 의해 죽임을 당했겠지."

"그럼 복수네요."

"가족이나 가문이 전혀 기억에 없기 때문에 복수라기보다는 뤼나웜 때문에 더 이상 사람들이 죽거나 터전을 잃고 온갖 고생을 하며 떠도는 것을 막아 보고 싶은 마음이 더 커. 어쩐지 그게 내 소명인 것 같아."

"이해했어요. 멋진 목표네요. 저도 오빠의 길에 동참할게요."

아레오가 감동한 얼굴로 말했다.

"시간이 아주 많이 걸릴 텐데 괜찮겠어? 학파는 어쩌고?"

"보통 성인이 될 무렵을 전후해서 오르는 2급까지는 학파의 보살핌을 받고 3급이 되면 그 은혜를 갚아요. 그래서 4급이 되면 더 이상 학파에 의무나 책임을 질 필요가 없어요. 전 평생 오빠 곁에 있을 생각이에요."

"고마워. 큰 의지가 되네."

세상에 존재하는 뤼나웜을 모조리 박멸한다는 불가능에 가까운 목표를 듣고도 결연하게 자신의 곁을 평생 지키겠다는 아레오의 말에 가온도 감동했다.

"당연한 거죠. 오빠라면 제가 그런 상황에 안 도와주실 거예요?"

"하하하. 그렇긴 하네. 그런데 뤼나웜을 제대로 상대하려면 일단 던전을 공략할 필요가 있어."

"왜요?"

가온은 던전과 명예 포인트 그리고 갓상점에 관련된 내용을 최대한 쉽게 설명했다.

"그럼 그 갓상점이라는 곳에서, 아니 접속해서 마법서도 구입할 수 있는 건가요?"

"맞아. 그뿐 아니라 이 세상에는 존재하지 않는 다양한 마법 도구들도 구할 수 있지. 성장에 필요한 영약도 마찬가지고."

"……학파의 어른들 중 일부가 던전에 대한 정보를 독점하고 그들의 친인척들만 선발해서 던전에 들여보낸 게 이상하다고 생각했더니 그들은 다 알고 있었군요."

"그럴 거야."

"그럼 저도 던전을 공략하는 데 공을 세운다면 지금보다 훨씬 더 빨리 성장할 수 있는 거죠?"

"그래. 무수한 뤼나웜을 더 빨리, 그리고 더 효과적으로 해치우려면 나 또한 더 성장해야 하고."

"오빠만 믿을게요."

"그래서 말인데 레비야도 필요해. 축복의 효과를 직접 확인했는데 엄청났어."

"……알겠어요. 하지만 제가 첫째라는 건 절대 잊지 마세요."

그건 무슨 말인지 잘 모르겠다.

"안아 줘요."

물어보려고 했을 때는 아레오가 이전보다 한층 더 요염한 얼굴로 그를 끌어안았다.

전혀 다른 세상, 다른 삶을 살아온 두 사람이 서로를 알아 가기에는 너무나 짧은 밤이었다.

레비야는 다음 날 가온과 아레오가 점심을 먹은 후 막 차를 마시려고 했을 때 왔다.

"신전에 보고는 잘했어?"

"네, 오빠."

"식사는?"

"신전에서 먹었어요. 그런데 성녀님께서 오빠를 좀 만나고 싶다고 하셨어요."

"성녀라면 어떤 위치지?"

탄 차원의 신전들은 성녀나 성자가 따로 있지만 보통 명예직이며 신전의 업무는 보통 대사제들로 구성된 사제회의가 주관하고 이끈다.

"저희 신전의 모든 것을 주관하시는 분이세요."

탄 차원의 신전들과는 다른 것 같았다.

"언제 가면 되는데?"

"괜찮으시다면 되도록 빨리 만나 보고 싶다고 하셨어요."

"그래. 한번 가 보자."

우트 신도 자신의 의뢰와 관계가 있는지 궁금했다. 가온은 이 세상의 신이 세상에 문제가 생기자 자신과 같은 차원용병에게 의뢰를 하는 것이라 생각하고 있었다.

"아레오도 갈래?"

"아뇨. 저는 따로 볼일이 있어요."

이미 가온에게 말했던 학파에서 공략하는 던전에 대한 정보를 알아볼 것이다.

"그럼 바로 출발하지."

식사가 생각보다 괜찮아서 조금 많이 먹어서 배가 더부룩했는데 잘됐다.

"전 조금 있다가 나갈게요. 그럼 다녀오세요, 오빠."

아레오의 배웅을 받으며 여관을 나오는데 레비야가 그와 아레오를 번갈아 쳐다보며 묘한 표정을 짓는다.

가온은 그런 레비야의 주의를 돌리기 위해서 이 세상의 신전에 대해서 여러 가지를 물었다.

이 세상은 신은 무수히 많았다. 사람들은 자신의 직업과 관련이 있는 신을 주로 믿고 기도를 하는데 의외로 신전의 세력을 강하지 않았다. 보통 신전은 세상에 나서지 않는다고 했다.

그렇게 얘기를 듣다 보니 곧 만나게 될 성녀가 궁금했다.

"레비야, 성녀에 대해서 자세히 알려 줘."

"음. 현 성녀님은 본 신전에서 유일하게 우트님의 신탁을 받을 수 있는 분이에요. 별일이 없으면 10년 후에는 은퇴를 하고 수도원에서 기도를 하며 여생을 마치실 예정이고요."

"성녀는 따로 우트 신의 선택을 받는 건가?"

"네. 그런 경우도 있지만 보통은 당대 성녀가 은퇴할 무렵 가장 높은 신성력을 가진 분이 성녀가 되세요."

"그럼 남자의 경우는 없는 거야?"

"저희 신전에 남자 사제는 없어요."

여자로만 이루어진 신전이라니 좀 이상하긴 하다.

"혹시 성기사와 같은 조직은 없는 거야?"

"그게 뭐죠?"

역시나 모르는 모양이다.

"정식 사제가 되려면 수행을 해야 한다고 했는데 위험하지 않아?"

"위험하죠. 마수나 몬스터에 의한 사고가 나는 경우도 꽤 많아요. 하지만 사람의 경우 다른 신전과 달리 저희 신전을 아는 자들은 함부로 건드릴 엄두를 내지 못해요. 다른 신들보다 우트님은 사제가 위험에 처할 경우 굉장히 잘 현신하시는 편이거든요. 사제를 해치려는 자들에게 저주도 잘 내리시고."

그래서 사람들이 두려워하는 모양이다.

"수행은 얼마나 해야 하는 거지?"

"기간은 큰 상관이 없어요. 우트님이 전해 주시는 힘을 제대로 발휘하는 것이 관건이에요."

"그럼 레비야의 경우는 언제?"

얼마 전에 오크 무리를 만났을 때 있었던 일을 생각하며 물었다.

"곧 정식 사제가 될 것 같아요."

"잘됐네."

"다 오빠 덕분이에요. 그 일이 있은 후 제가 받아들이고 전해 줄 수 있는 우트님의 힘이 열 배 이상 커졌어요."

"축하해야 하는 거지?"

"네. 하지만 사제라는 직분에 연연하지는 않아요. 우트님을 모시는 삶은 어릴 때부터 꿈꾸던 일이거든요."

대답은 그렇게 했지만 그녀의 눈빛은 좀 복잡했다.

"그럼 정식 사제가 되면 신전에서만 지내는 건가?"

"원래는 그런데 잘 모르겠어요."

"모르겠다고?"

그렇게 묻는데 이미 신전에 도착했다.

처음 본 신전의 느낌은 강렬했다. 사람의 출입을 통제하지 않는지 아예 문 자체가 없는 입구를 들어가자 붉은색과 검은색을 칠해진 높은 큰 건물이 먼저 보였는데 그 주위에 있는 건물들 모두 동일하게 두 가지 색으로만 칠해져 있었다.

"저곳이 우트님을 모신 주신전이에요. 사제들은 물론이고 신자들도 저곳에서 기도를 해요."

강렬한 색 때문에 경외감보다는 두려움을 먼저 느낄 수밖에 없는 분위기를 자아내는 건물의 곳곳에는 다양한 모양의 조각상이 붙어 있었는데, 형상이 비현실적이고 얼굴이나 표정이 무척 살벌했다.

그나마 창이 많아서 유리들이 그 살벌함을 어느 정도 희석시켜 주었다.

낮은 담으로 둘러싸인 경내에는 사람이 보이지 않았다. 한낮이라서 그런지 일하는 사람도 없는 것 같고 사제들은 물론 예배 혹은 기도를 하러 온 것과 같은 신자들도 보이지 않았다.

'생과 사를 주관하는 신이라서 그런지 존재감이 대단하네.'

가온은 그런 생각을 하며 레비야의 뒤를 따라 주신전과 가까운 건물로 들어갔다.

"이곳이 성녀님이 지내시는 곳이에요."

안으로 들어가니 실내 공간은 신전의 최고 성직자가 지내는 것치고는 의외로 좁았다.

바로 정면에는 석회를 바른 바닥이 먼저 보이는 방이 있었고, 왼쪽과 오른쪽에 각각 방이 하나와 두 개가 더 있었다.

레비야가 향한 곳은 왼쪽의 방으로 그녀가 노크를 했다.

"들어와요!"

낮으면서 청명하게 들리는 목소리가 나왔다.

문을 열고 안으로 들어가니 바닥에 깔려 있는 두꺼운 가죽이 먼저 보였고 그 끝부분에 한 사람이 앉아 있었다.

"성녀님이 말씀하신 손님을 모시고 왔어요."

"레비야구나. 어서 오세요. 잘 오셨어요. 이곳에서는 성녀라고 불리는 아나샤라고 해요."

"아, 네. 성녀님을 만나게 되어 영광입니다. 온이라고 합니다."

무사히 인사는 했지만 가온은 순간 크게 놀랐지만 곧 눈을 어디에 두어야 할지 모를 정도로 당황했다.

놀란 것은 성녀를 본 순간 아레오를 처음 봤을 때처럼 강한 인상을 받았기 때문이고 당황한 것은 성녀의 옷차림 때문이었다.

외모로만 보면 아레오와 비슷한 나이로 보였지만 레비야에게 마흔 전후라고 들은 성녀는 몸에 성녀다운 신성함을 휘장처럼 두르고 있었다.

그런데 신성함의 이면에 완숙미와 뜨거운 열정이 느껴졌고 외모가 너무나 아름다웠다.

평생 햇빛을 쐬지 않은 것처럼 새하얀 피부에 오밀조밀한 이목구비, 그리고 적나라하게 드러난 몸매를 가지고 있는 성녀는 가온의 또 다른 이상형이었다.

'레비야보다 더하네.'

성녀는 민망하게도 레비야를 처음 만났을 때처럼 왼쪽 어깨를 제외한 나머지 부위를 얇은 천으로 가리고 있었는데 속옷이 훤히 들여다보였다.

속옷이랄 것도 없었다. 이 세상은 애초에 속옷이 따로 없었으니까.

속이 훤하게 보이는 천으로 가슴과 음부만 겨우 가린 것에 불과해서 몸매가 적나라하게 드러난 성녀의 모습에서 가온은 농익은 여체의 매력을 고스란히 느낄 수 있었다.

그런데 매력적인 건 몸매만이 아니었다. 얼굴에 떠오른 묘한 미소와 반짝이는 눈까지 합해지자 그야말로 고혹적인 모습이었다.

가온은 성녀가 휘장처럼 두른 신성함에도 불구하고 그 고혹적인 모습에 순간 피가 끓어오를 수밖에 없었다.

　"호호호. 역시 우트님의 현신자 후보답게 저를 보고 주눅 들지 않고, 오히려 절 여자로 봐 주네요. 이런 분은 처음이에요."

　성녀는 가온의 모습에 매력적인 교소를 흘리면서 알 수 없는 얘기를 했다.

　"현신자요?"

　"레비야에게 들었어요. 레비야가 전해 준 우트님의 힘을 거의 다 사용할 수 있다죠?"

　"그건 잘 모르겠지만 신성력 덕분에 평소보다 두 배 정도 강해졌습니다."

　"일단 확인을 좀 할 수 있을까요?"

　"뭘 어떻게 말입니까?"

　"레비야의 손을 잡으세요. 그리고 레비야가 축복을 내릴 텐데, 그 변화를 통해 그대가 현신자인지 여부를 확인할 수 있어요."

　가온도 호기심을 참을 수 없어 성녀가 말한 대로 레비야의 손을 잡았다.

　그러자 레비야가 기도문을 암송하면서 축복을 내렸는데 익숙한 느낌과 함께 신성력이 물밀듯 들어와서 몸과 정신을 강하게 활성화시켜 주었다.

'역시 손만 잡았을 때 들어오는 신성력은 약하네.'

처음 축복을 받았을 때보다는 늘어났지만 키스를 하며 축복을 받았을 때와는 비교할 수 없이 적은 양이었다.

"어떻습니까?"

가온은 마치 심안과 비슷한 스킬을 발동한 것처럼 레이저와 같은 강렬한 눈빛으로 자신과 레비야의 몸을 번갈아 쳐다보던 성녀에게 물었다. 그녀의 눈빛이 이전처럼 돌아왔다.

"확실히 신성력이 전달되는 것을 확인했어요. 검기를 능숙하게 사용하는 골드급 전사라고 들었는데 키스를 통해 축복을 받았을 때는 미스릴급의 능력을 쓸 수 있나요?"

"그렇습니다."

알파스에게 들은 바로는 미스릴급의 경우 오러블레이드를 사용한다고 했으니 맞았다.

"참으로 대단하네요. 그 정도면 현 세상에서 최고 강자의 반열에 올랐다고 해도 과언이 아니에요."

"그렇긴 하지만 그리 오래 사용할 수 있는 능력은 아닙니다. 힘이 빠졌을 때의 탈력감도 사실 견디기 어렵고요."

그럴 때면 정말 아쉬웠다. 그게 본신의 능력이라면 얼마나 좋을까 하는 생각이 간절했다.

하지만 긍정적인 면도 있었다. 자신이 강해졌을 때의 능력을 미리 확인할 수 있었기 때문에 성장에 대한 강한 동기가 되어 주었다.

그런데 성녀가 아주 묘한 얘기를 했다.

"만약 그 힘의 유지 시간이 하루로 늘어나면 어떨 것 같아요?"

"하루 동안 증강된 능력을 사용할 수 있는 방법이 있다는 겁니까?"

"있어요."

"어떤 겁니까?"

"우트님의 현신자가 되는 거예요."

"현신자요?"

"현신자는 우트님의 전해 준 힘을 절반 이상 받아들여서 사용할 수 있는 사람을 의미해요."

그런 말은 레비야에게서도 들어 보지 못했다. 옆에 앉아 있는 레비야를 쳐다보니 벌겋게 달아오른 얼굴로 고개를 푹 숙이고 있었다.

가온은 키스를 통해 전해진 신성력이 원래의 몇 할에 해당하는지 궁금했지만, 일단 현신자에 대해서 더 자세히 알아볼 필요가 있다고 생각했다.

"좀 더 자세하게 알고 싶습니다."

"우트님은 수행 사제를 대상으로 막대한 신성력을 전해 주세요. 수행 사제가 세상을 떠도는 이유는 우트님의 말씀을 세상에 전하는 것도 있지만 사실 비밀스러운 목적이 하나 더 있어요. 그건 바로 우트님이 전한 신성력을 절반 이상 전달

받아서 사용할 수 있는 현신자를 찾기 위함이에요."

"그래서 대상의 몸과 접촉한 상태에서 축복을 내리는 거군요?"

"맞아요. 제대로 된 축복을 받을 수 있는 사람을 발견하기 위해서 어쩔 수 없이 피부를 밀착할 수밖에 없어요."

이제야 레비야가 속한 신전의 기괴한 축복 의식이 의미하는 진의를 알 수 있었다.

"만약 현신자로 밝혀지면 어떻게 됩니까?"

"자유의지로 진정한 현신자가 되는 길을 선택할 수 있어요."

"어떤 길입니까?"

"듣기에 이상할 수 있겠지만 일반인의 시각으로 보면 해당 사제는 그 현신자와 부부와 같은 생활을 해야만 해요. 우트님이 전해 준 힘의 절반 이상을 받아들이려면 그래야만 하거든요."

그렇다면 해당 사제와 육체관계를 가져야만 한다는 얘기였다.

"그렇게 생활하면 개인에 따라 차이는 있지만 현신자는 우트님의 힘을 더 오래 지속해서 쓸 수 있고, 매개가 되는 사제는 더 많은 신성력을 몸에 담을 수가 있게 되지요."

"그럼 현신자는 어떤 일을 해야 하는 겁니까?"

이들이 모시는 신인 우트의 힘을 그냥 사용하게 해 줄 리는 없었다.

"세상을 위해 사용해야지요. 그 힘으로 세상의 질서를 어지럽히는 존재를 없애야만 해요. 돈이나 권력이 아닌. 그것이 우트님의 의지세요."

'과연 신이군.'

그런 점은 마음에 들었다.

"그럼 현신자와 짝을 이룬 사제는 어떻게 되는 겁니까?"

"명예 대사제가 되는데, 현신자에게는 부족하지만 우트님의 권능을 일부 발휘할 수 있어요. 그리고 그 능력으로 현신자와 신전을 위해 봉사하는 삶을 살아야만 해요. 그것이 우트님의 의지를 따르는 길이에요."

"그럼 신전에서 현신자의 위치는 어떻게 됩니까?"

"대사제에 준하는 권리를 가지게 되는데, 의무는 따로 없어요."

그 점도 마음에 들었다.

"그럼 이제까지 얼마나 많은 현신자가 발견되었습니까?"

"보통 저희 신전은 20년을 한 대로 보는데 3대에 한 명꼴로 현신자가 발견되었어요. 이전의 현신자는 60년 전에 발견되어 마족을 강림시켜 세상을 어지럽히던 흑마법 세력을 토벌하는 업적을 세운 후 이곳에서 배우자인 대사제와 함께 지내다가 15년 전에 우트님의 품으로 돌아갔고요."

그렇다면 가온 자신은 당대에 한 명만 존재하는 현신자라는 얘기다.

"그런데 세상에는 현신자에 대한 이야기가 전혀 알려지지 않은 것 같은데, 무슨 제약이라도 있습니까?"

"특별한 이유는 없어요. 본 신전의 사제는 여자만 될 수 있기에 현신자들께서는 쓸데없는 세간의 관심을 피하기 위해서 존재감을 숨긴 것뿐이에요."

하긴. 가온도 그런 일은 사양하고 싶었다.

"좋습니다. 현신자가 되겠습니다."

아레오처럼 사랑을 하는 것이 아니라 호감만 가지고 있는 레비야와 육체관계를 맺는 것은 어쩐지 꺼려지는 일이지만 더 강한 힘을 가져야만 의뢰를 빨리 끝낼 수 있었다.

'그게 이 땅에 사는 사람들을 좀 더 많이 살리는 방법이야.'

투하란은 물론이고 이제 막 사랑을 시작한 아레오에게도 미안한 일이지만 가온은 그렇게 결정을 내렸다.

지금도 뤼나웜은 무서운 속도로 북상을 하고 있다. 찬 기후에 적응한 변종들이 나타난 것이다. 심지어 지상에서 오래 움직일 수 있는 변종들까지 나타났다.

"잘 결정하셨어요. 의식은 언제 치르시겠어요?"

의식이 따로 있는 모양이다.

'사제들이나 신상 앞에서 뭔갈 하는 모양이네.'

"시간이 얼마나 걸립니까?"

"하룻밤은 잡아야 해요."

밤을 보낸다는 의미는 짐작할 수 있을 것 같다.

"내일 하도록 하지요."

알파스를 비롯한 전사들과의 약속도 있었지만 가온은 적어도 아레오에게 말은 해 주어야 한다고 생각했다. 그것이 이제 막 사랑하게 된 그녀에게 할 수 있는 그의 최선이었다.

성녀를 만나고 나오는 길.

"내가 현신자가 되는 것이 레비야에게 해가 되는 건 아니지?"

"당연하죠!"

레비야는 여전히 붉어진 얼굴로 자신을 제대로 쳐다보지 못하고 있었다.

"정말 현신자가 되면 신전의 대소사에 관여하지 않아도 돼?"

"전대 현신자는 중요 회의에는 꼬박꼬박 참석하셨지만 그분과 화신자는 항상 본전에 머무르고 계셨으니 확실치 않아요."

"화신자?"

"현신자와 우트님의 매개가 되는 사제를 말하는 거예요?"

"그럼 레비야?"

"네."

대답을 하는 레비야의 얼굴이 더 붉어졌는데 이번에는 그를 초롱초롱한 눈으로 쳐다본다.

"그런데 저로 괜찮아요, 오빠?"

"응. 레비야는 어느 남자라도 끌릴 수밖에 없는 매력적인 미인이야."

가온의 대답에 고개를 푹 숙인 레비야는 이제 목과 어깨까지 빨갛게 변했는데 가온은 그녀의 눈이 호선을 그리는 것을 볼 수 있었다.

"그럼 내일 보자."

벌써 신전의 입구다.

"기다릴게요."

현신자가 되기로 마음먹어서 그런지 배웅을 하는 레비야의 모습이 여관으로 가는 길 내내 생각이 났다.

여관으로 돌아왔지만 아레오는 아직 오지 않았다.

가온은 알파스가 올 때까지 공을 들여서 연공을 하며 시간을 보냈다.

'이곳이 마나 농도가 높아서인지 기존에 저장하고만 있었던 양기 때문인지는 알 수 없지만 정말 엄청난 속도로 에너지가 쌓이네.'

심지어 재생력과 흑마력까지 엄청나게 늘어나고 있어 두려울 정도였다.

'레비야와는 거의 교감이 없는 상태에서 관계를 맺어야 하는 것이 마음에 걸리지만 이렇게 늘어나는 에너지를 몇 배나 높일 수 있는 기회를 놓칠 수 없지.'

그러고 보니 지금이라면 능히 홀리필드진에 해당하는 고위급 신성 마법도 펼칠 수 있었다.

일정한 공간을 신성력을 가득 채우는 홀리스페이스를 이미 익힌 상태지만 신성력이 미치는 범위는 홀리필드가 훨씬 더 컸다.

가온은 갓상점에 접속해서 홀리필드 신성 마법에 기재된 매직북을 구입하는 과정에서 홀리아이스의 설명을 보고 그것까지 구입했다. 신성 마법은 다행히 가격이 높지 않아서 전혀 부담이 되지 않았다.

그렇게 두 신성 마법을 익히는 것까지 끝났을 때 알파스와 주론이 찾아왔다.

"아레오 마법사는 없네요?"

두 사람은 가온이 아레오와 함께 지내는 것을 너무나 자연스럽게 받아들이고 있었다. 이곳에서는 결혼과 관계없이 남녀가 함께 지내는 것이 자연스러운 문화였다.

"볼일이 있어 출타를 했는데 아직 안 왔소."

그러고 보니 회식에 아레오가 참석하겠다는 말은 명확하게 들은 바가 없었다. 기다렸다가 같이 가야 하는지 여부를 알 수가 없어 곤란한 상황이다.

"그럼 저희 먼저 가지요. 아레오가 저희가 갈 곳을 짐작하고 있으니 바로 올 겁니다."

"그러지."

중요한 정보를 확인하러 갔기 때문에 언제 돌아올지 알 수 없으니 마냥 기다릴 수 없는 일이다.

"온 님, 그런데 말씀드릴 게 있습니다."

"뭐지?"

쾌활한 알파스가 평소답지 않게 조심스러운 얼굴로 물었다.

"나중에 단 님께서 손님을 모시고 동석하고 싶다는데 괜찮을까요? 꺼려지시면 안 된다고 알리겠습니다."

"상관없어."

어차피 무사 상행을 축하하기 위해서 가벼운 마음을 술과 음식을 즐기는 자리일 테니 크게 신경 쓰이지는 않았다.

게다가 지금 가온의 머리에는 내일 현신자가 되었을 때 어떤 놀라운 일이 벌어질까 하는 기대감이 가득 차 있었다.

제의

전사들이 모여 있다는 큰 방으로 들어가자 음식 접시와 술병으로 가득 채워진 테이블과 그 주위에 서 있던 전사들이 반가운 얼굴로 그를 맞이했다.

초대받은 자리는 흥겨웠다. 아무도 죽지 않고 심지어 중상자도 없이 그 험한 상행을 마쳤으며 가온이 양보한 마정석은 물론이고 쟘 등 상인들에게 보너스까지 두둑하게 받았으니 이런 분위기는 당연했다.

목축이 발달한 고원 도시라서 그런지 다양한 방식으로 조리한 육류 음식들이 대부분이었는데, 고기들은 기름기가 많았고 조금 질겼지만 맛은 있었다.

생각보다 향신료가 잘 발달한 듯 잡내가 별로 나지 않았고 맛도 잘 어우러진 고급 요리였다.

술도 있었다. 감자술이라고 했는데 맛이나 향보다는 그저 술이라서 시킨 것 같았다.

사람들은 이번 상행에서 일어났던 일들을 화제로 대화를 하면서 음식과 술을 즐겼는데 술의 양이 많지 않아서 취하는 사람은 없었다. 그렇기에 오히려 분위기가 더 좋게 유지되는 것도 있었다.

그래도 가온은 꽤 많이 마셨다. 다들 그에게 한 잔씩 따라 주었다.

"감사합니다! 온 님 덕분에 목숨도 구했고 마정석까지 나눠 주셔서 한동안 위험한 의뢰를 받지 않고 수련에 매진할 수 있는 큰돈을 벌었습니다."

다들 비슷한 내용으로 고마워했다.

생각해 보니 전사들은 보너스만 받은 것이 아니었다. 사냥한 놈들에게서 얻은 마정석과 부산물까지 나눠 가진 것이다.

그러니 가온에게 이렇게 대접을 하는 것도 무리는 아니다. 압도적인 공을 세운 그가 직접 공평하게 나눠 가지라고 말했기에 중간에 다른 사람이 챙기는 것 없이 전사 모두가 큰돈을 챙길 수 있었다.

그렇게 자리가 마무리되어 갈 때 단이 그와 비슷하지만 좀 더 고급으로 보이는 옷을 차려입은 두 장년인과 함께 들어왔다.

단은 전사들의 인사는 받아 주었지만 두 남자를 소개하지는 않았다.

"자, 우리는 마음껏 먹고 즐겼으니 일어나자고."

이미 음식과 술은 동이 난 지 오래였고 미리 단으로부터 언질을 받았는지 알파스와 주론이 나서서 자리를 마무리했다.

"온 님, 며칠 동안 잘 보내셨습니까?"

가지고 온 물건의 처리로 인해 분주하게 지냈던 모양인지 눈 밑이 거뭇거뭇해진 단이 정중하게 인사를 해 왔다.

"나는 잘 보냈소. 손님들을 모시고 왔군."

"네. 따로 자리를 마련했으니 괜찮으시면 같이 가시지요."

"그럽시다."

진지한 얼굴로 보아서 매우 중요한 용건인 것 같은데 일단 들어 보기로 했다.

"미리 말씀드린 대로 이분은 골드 상급 전사이시자 명궁이신 온 님입니다. 인사해요."

먼저 단이 가온부터 소개를 했다.

"해인스 상단의 맥 헤인스입니다."

"가바인 상단의 바라스 가바인입니다."

"맥 님과 바라스 님은 대륙 북서부에서 다섯 손가락 안에 꼽히는 대상인들입니다."

이곳에서는 이름 다음에 성을 쓴다는데 상단의 이름과 성이 동일했기 때문에 가온도 이미 그들이 상단주라는 사실을 짐작하고 있었다.

두 사람은 대상인들답게 굉장히 강렬한 인상을 주었다. 어느 한 분야에서 정점을 찍은 사람들의 공통점이었다.

"온이오. 만나서 반갑소."

가온은 진중한 모습으로 두 사람과 인사를 나누었다.

"이미 식사를 하신 것 같으니 술 한잔 따르겠습니다. 북부에서 유명한 마운틴듀라는 술입니다."

단이 작은 잔에 술을 따랐는데 증류주인지 색깔이 맑으면서도 은근한 주향이 금방 방 안을 가득 채웠다.

가온은 병을 들어 세 사람에게도 술을 따라 주고 함께 마셨다.

"무슨 일입니까?"

빨리 돌아가서 아레오를 보고 싶었던 가온은 굳이 술맛을 화제로 시간을 더 끌고 싶지 않았다.

"거두절미하고 온 님에게 부탁드릴 것이 있어서 알파스에게 양해를 구했습니다."

"상행 의뢰입니까?"

대상인 세 명이 함께 찾아왔으니 용건은 뻔했다.

"네. 남동부에 있는 대도시 바크라까지 가는 대규모 상행의 호위를 좀 맡아 주셨으면 합니다. 온 님도 아시다시피 지금과 같은 상황, 특히 뤼나웜의 변종들이 나타나고 있는 상황에서는 상행이 굉장히 위험합니다. 온 님과 같은 강자가 호위 전사들을 이끌어 주셔야 안전합니다."

"상행 규모와 일정은 어떻게 됩니까?"

"상행은 마차 백 대로 세 상단의 자체 호위 200여 명에 추가로 달리아트족 전사 100명을 고용한 상태입니다. 4급 마법사 두 명과 3급 마법사 다섯 명도 섭외를 했고요. 일정은 나흘 후에 출발해서 바크라까지 가는데 대략 보름 정도로 잡고 있습니다."

"달리아트족이라면?"

"아실지 모르겠지만 달리아트족은 전설에 등장하는 엘프족과 드워프족의 후예입니다. 대지와 바람 계열의 마법을 익힌 전사들도 있으며 모두 활에 능하고 민첩해서 대부분 산악 지형에서는 실버급 전사로 평가받고 있습니다."

실버급 전사 100명이라면 확실히 큰 도움이 될 것이다.

'현신자의 진정한 능력을 한번 확인은 해야지.'

거기에 엘프의 후예라는 달리아트족에도 관심이 생겼다.

'엘프와 드워프의 혼혈이리니 궁금하네.'

만약 달리아트족이 도움이 된다면 고용할 생각도 있다.

"호위대를 맡아 주신다면 달리아트족 장인이 만든 복합궁한 자루와 1만 금을 드리겠습니다!"

가온이 고심을 하는 것으로 생각한 세 사람이 눈빛을 교환하더니 단이 그렇게 말했다.

'거금을 부르네.'

이곳에서 지내는 동안 파악한 물가를 생각하면 1만 금은 탄 차원에서는 대략 300만 골드의 가치가 있다. 던전과 관련된 의뢰로 건당 300만 골드까지 받아 봤던 가온에게 큰돈을 아니지만 이 세상에서는 무척 큰돈이다.

"내가 만약 이 일을 맡게 되면 두 명이 더 동행할 것이오. 한 명은 4급 마법사이고 다른 한 명은 생사의 신전 사제요."

가온은 아레오와 레비야를 염두에 두고 그렇게 말했다.

"그럼 그 두 분에게는 각각 500금씩을 드리겠습니다."

"그것이 문제가 아니라 두 사람의 일정을 확인해 봐야 한다는 의미였소. 대답은 내일 해 주면 안 되겠소?"

만약 던전에 들어갈 수 있다면 던전이 먼저였다.

"당연히 됩니다."

"가능하면 온 님께서 호위대를 맡아 주십시오. 부탁드리겠습니다."

"뤼나웜으로 인해 세상이 너무 위험해서 골드급 이상의 전사들은 대부분 도시나 국가의 의뢰만 받고 있는 상황입니다. 저희에게는 온 님이 꼭 필요합니다."

골드급이 희귀하기는 하지만 아예 없는 것도 아닌데 이 근방에서는 손꼽히는 대형 상단임에도 그런 실력자들을 구하지 못한 것이 이상하다 여겼는데, 과연 이유가 있었다.

"좋은 방향으로 고민해 보겠소. 그런데 일정 중에 만나게 될 가능성이 높은 마수나 몬스터 들이 따로 있소?"

그때부터 가온과 세 상인은 상행을 주제로 술을 마시면서 깊은 이야기를 나누었다.

늦게 여관으로 돌아오니 기쁘게도 아레오가 기다리고 있었다.

"늦으셨네요?"

하룻밤 사이에 만리장성을 쌓은 후라서 그런지 아레오가 온화한 미소를 지으며 그의 품에 안겼다.

"응. 전사들과 저녁 식사를 한 후 단을 만났거든."

가온은 굳이 회식 자리에 왜 안 왔냐고 묻지는 않았다.

"단 상단주를요?"

"응. 아레오와 의논해야 할 것 같은 제의를 받았어."

가온은 제의에 대해서 털어놓았다.

"호위 전력이 좀 낮지만 달리아트족 100명에 오빠의 능력을 생각하면 큰 문제는 없을 것 같긴 해요."

"문제는 던전이지. 어떻게 되었어?"

"알아봤는데 던전은 아직 공략 중이에요."

"누가 지키고 있나?"

"네. 셀루톤 왕국군이 지킨다고 하더라고요."

왕국군이라면 정예일 테니 그만큼 중요한 던전일 것이다.

"그럼 그 던전이 아레오가 속한 학파에서 먼저 발견한 게 아닌 거야?"

"그건 아닌데 공략이 어렵다고 판단해서 막대한 재물을 받고 주도권을 넘긴 것 같아요. 뤼나웜의 북상으로 인해서 급증한 마수와 몬스터를 토벌해야 할 왕국군이 그곳을 지키는 것으로 봐서는 오빠 말대로 뭔가 특별한 것이 있는 것 같아요."

"흠. 어떻게 한다?"

"위치는 확실히 알아 두었으니까 먼저 상행을 다녀오면 어때요? 그리고 그 과정에서 달리아트족과 친해져서 고용할 수 있게 되면 던전을 공략하는 일도 쉬워질 것 같은데요."

아레오도 달리아트족 전사를 고용하는 문제를 거론했다.

"달리아트족에 대해서 잘 알아?"

"네. 지금은 더 이상 보이지 않는 엘프족과 드워프족의 혼혈이에요. 놀라운 이적을 발휘하는 정령을 부리는 이들도 있지만, 전사들의 경우 하나같이 명궁인 데다가 숲이라는 지형에서는 새처럼 빠르게 이동할 수 있어서 엄청난 전력이라고 할 수 있어요."

설명만 들어 보면 이 세상에도 가온이 알고 있는 엘프족이 존재했던 모양이다.

"그 정도로 강한 부족이 왜 상행에 나서는 걸까?"

"돈과 생필품 때문이에요. 그들은 산맥을 따라 은밀한 곳에 수십 가구 단위로 흩어져 생활해 왔는데, 뤼나웜으로 인해서 마수와 몬스터의 숫자가 급증하면서 터전을 버리고 산맥 깊숙한 곳에 무리를 모으고 있다고 들었어요."

사냥만으로는 생계를 포함한 생활이 어려우니 전사들이 세상에 나왔다는 얘기다.

"좋아. 아레오의 말대로 하지. 보름 일정이라니까 던전을 공략하는 일정에도 큰 지장은 없을 거야."

아레오는 가온이 자신의 말을 적극적으로 받아들이자 기쁜 얼굴이 되었지만 이내 표정이 달라졌다.

"그런데 신전에 가신 일은 어떻게 되었어?"

"나보고 현신자라고 하더라고."

"그럴 줄 알았어요. 레비야와 알고 지낸 지 꽤 오래되었는데 그녀가 전해 주는 신성력을 오빠만큼 자연스럽게 받아들이는 사람은 못 봤거든요."

"그런데 현신자가 되려면 레비야와……."

차마 말을 잇기가 힘들었다. 이제 막 자신과 사랑하게 된 아레오에게 너무 미안했다.

"지난번에 말했죠. 제가 오빠의 첫 번째 여자라고요. 그걸로 됐어요. 다만 조심하실 게 있어요."

아레오는 가온이 예상했던 것과 달리 레비야와 육체관계를 맺는 일에 대해서는 크게 개의치 않는 모습이었다.

가온은 그녀의 반응을 통해서 이 세상도 탄 차원과 마찬가지로 능력이 있는 남자나 여자는 다수의 배우자와 결혼할 수 있는 전통이 있음을 다시 확인할 수 있었다.

'하긴 이곳 환경도 남자의 숫자가 여자에 비해 적을 수밖에 없으니.'

오래전부터 그런 관습이 내려오기도 했거니와 최근에는 마수와 몬스터의 위협에 더해서 뮈나월까지 창궐한 상황이니 육체적인 능력이 낮은 여자들이 강한 남자를 선호할 수밖에 없고 공유하는 것이 자연스러워진 것이다.

"조심할 게 있다고?"

"네. 저도 오래전에 학파 어른들이 하는 얘기를 들은 것에 불과해서 확실하다고는 장담하지 못해요."

뭔데 이렇게 사설이 긴지 모르겠다.

"현신자의 그릇이 클 경우 우트 신이 화신자로 삼을 가능성도 있다고 했어요."

"화신자라면 신성력의 매개 통로가 되는 레비야와 같은 사제들이라고 하던데?"

"저도 그렇게 알고 있지만 육체가 없는 신들은 항상 강림을 원하고 있다고 해요. 그래서 자신을 어느 정도 담을 수 있는 영혼과 육체를 지닌 현신자가 나오면 화신자로 만들어 버린다고 해요."

그건 신의 입장에서 보면 강림이지만 대상의 입장에서 보면 자신의 육체를 빼앗기는 것이다. 당연히 싫다.

"그럼 제의를 거부할까?"

사실 힘을 일정 시간 증폭시켜 주는 신성력이 없어도 시간이 좀 더 걸릴 뿐 뤼나웜은 박멸할 수 있었다.

　'대신 사람들을 더 고용하면 돼.'

　그런데 아레오는 고개를 저었다.

　"굳이 거부할 이유는 없어요. 제가 알기로도 현신자는 생사의 신전에 특별히 뭘 주어야 하는 것이 아니니까요. 다만 조심하시란 얘기예요, 오빠."

　"알았어."

　"술을 많이 드신 것 같으니 어서 씻어요. 제가 도와드릴게요."

　"그러자."

　가온은 비록 이 세계의 관습이긴 하지만 여인으로서는 마음이 편치 않은 상황을 용납하고 받아들이는 아레오의 마음에 감동을 받았고, 그날 밤 아레오는 넘쳐흐르는 그의 사랑을 만끽했다.

성녀 아나샤

"이 기도문을 외우란 말입니까?"

"네. 의식을 치르면서 암송을 해야 효과가 크기도 하지만 힘을 주시는 우트님에 대한 최소한의 예의라고 생각해요."

생사의 신전에 들른 가온은 레비야는 만나 보지도 못한 상태에서 성녀를 만났는데 뜻밖의 요구를 받았다.

종이 열 장에 빼곡하게 채워진 기도문이야 외우라면 외울 수 있다. 시간은 좀 많이 걸리겠지만 말이다.

하지만 교합을 하면서 이 기도문을 외우라니 참으로 난감하다.

문자는 생경하지만 읽는 것 자체는 어렵지 않았다. 신의 의뢰를 받아들인 덕분인지는 몰라도 말처럼 문자 역시 통역이 되어 보였으니 말이다.

가온은 외우고 싶은 마음이 전혀 없었다.

'벼리야, 대신 외워 줘.'

벼리에게 시키는 간단한 일이다.

실제로 10여 분 후 성녀 앞에서 종이를 보지 않고 벼리가 불러 주는 그대로 두 번이나 정확하게 암송을 하는 것으로 외웠다는 것을 증명했다.

"이번 대의 현신자는 정말 대단하네요. 이렇게 빨리 기도 문을 외우는 분은 처음 봐요. 저도 꼬박 하루가 걸렸는 데……."

성녀가 탄복을 할 정도였다.

"의식은 언제 시작합니까?"

"일단 현신자가 성수에 몸을 담가서 몸과 마음을 정결하게 만든 후 준비된 방에서 기다리면 화신자가 들어갈 거예요. 주의할 점은 불을 끄고 기다리셔야 한다는 점과 관계를 맺을 때 욕념을 버리고 기도문을 외우셔야 한다는 점이에요."

"알겠습니다."

욕념을 가진다는 건 아레오에게 미안한 일이니 당연히 그럴 생각이다. 관계를 맺는 것은 힘을 증폭시키기 위함이니 말이다.

대신 기도문은 외우지 않을 생각이다. 지금까지의 경험을 보면 자신의 의지와 상관없이 우트의 힘을 전해 받을 수 있으니 말이다.

준비된 성수로 몸을 깨끗이 씻은 가온은 가운을 걸치고 어린 예비 사제의 안내를 받아서 지하에 있는 방으로 들어갔다.

지하라 창이 전혀 없는 방에는 덩그러니 침대가 하나 놓여 있고 옆에 협탁처럼 생긴 가구가 놓여 있었는데 그 위에 초가 밝혀져 있었다.

'이제 불을 끄고 레비야가 들어오기를 기다리면 되는 거군.'

아레오에게는 미안한 일이지만 사실 기대가 되었다.

몸과 마음을 나눈 상대는 투하란과 아레오 둘뿐이지만 둘은 외양이나 행동 그리고 매력이 전혀 달랐다. 심지어 잠자리에서의 반응이나 매력도 많이 달랐다.

당연히 레비야는 어떨지 궁금했다.

'정신 차려! 의식일 뿐이야.'

처음 키스를 할 때 반응을 봐도 처녀성을 가지고 있을 것 같았지만, 노출이 심한 복장도 그렇고 생사의 신전이 예비 사제에게 요구하는 목적이나 이런 방식의 의식으로 보아 경험이 있을 수도 있었다.

뭐 경험이 있다고 해서 꺼려지거나 하는 건 아니다. 말 그대로 이건 정말 의식일 뿐이니까.

그래도 기대가 되는 건 어쩔 수가 없었다.

창문도 없는 지하의 방이라서 촛불이 꺼지자 완벽한 어둠이 찾아왔다.

'그냥 어두운 것이 아닌데.'

마나로 안력을 높이거나 야안 스킬을 사용하면 칠흑 같은 어둠 속에서도 사물을 어느 정도 볼 수 있는 가온이다.

그런데 이 방은 야안 스킬이 전혀 통하지 않았다. 심지어 정령들을 소환했지만, 어떤 힘이 구속을 하고 있어서 힘들다는 답변만 돌아왔다.

마나를 방사해 보니 방의 벽에 부딪혀서 다시 돌아왔는데 신성력이 느껴졌다. 그럴 재질이 아닌 것 같은데 말이다.

'아무래도 신성력을 이용한 일종의 결계인 모양이네.'

빛도 소리도 통과하지 못하는 결계가 아니라면 이럴 수가 없었다.

그때 문이 열리더니 이내 닫혔다.

그 잠깐 사이에 가온은 늘씬하고 탄력이 넘치는 알몸의 여체의 뒷모습을 볼 수 있었다. 문을 닫을 때 눈이 빛에 적응했다.

'레비야가 왔구나.'

안 보여서 침대와 부딪히지 않을까 걱정했지만 레비야는 그런 일 없이 고양이처럼 소리 없이 침대 위로 올라왔다.

'흐음. 향수를 발랐나?'

레비야가 옆에 눕자 키스를 할 때 맡았던 체향과 달리 좀 더 짙고 강하면서도 잘 익은 복숭아와 같은 향이 났다.

"레비야."

이름을 불렀지만 레비야는 부끄러웠는지 바로 그의 품으로 파고들었다.

'부드러워!'

마치 뼈가 없는 연체동물처럼 부드럽고 몽실몽실한 살결이 느껴졌다.

평소 체술을 수련했는지 사제라는 이미지와 어울리지 않게 잘 발달된 근육질의 몸을 가지고 있던 것과는 사뭇 달랐다.

'여자는 여자구나.'

가온은 부끄러워하는 것 같은 레비야의 입술에 자신의 입술을 붙였다.

부르르.

마치 처음 키스를 하는 것처럼 떠는 레비야의 반응에 가온은 용기를 내어 적극적으로 리드하기 시작했다.

가온은 애무로 경직된 레비야의 몸을 풀어 주고 싶었지만 그녀는 이 행위가 의식임을 잊지 않았는지 키스가 끝난 후 곧바로 그를 맞이할 준비를 갖추었다.

이윽고 가온이 몸 안으로 들어가자 가벼운 고통의 신음

을 흘린 레비야는 두 팔로 그의 목을, 그리고 늘씬한 두 다리로 그의 허리를 단단히 감은 상태로 기도문을 암송하기 시작했다.

그리고 가온이 당연히 이어지는 행동을 하기 전에 레비야의 음부 깊숙이 삽입되어 있는 성기를 통해서 막대한 양의 신성력이 몸 안으로 들어오기 시작했다.

'이건 너무 빠른데.'

순식간에 몸 안을 가득 채웠지만 신성력은 계속해서 해일처럼 그의 몸 안으로 들어오고 있었다.

가온은 그 기세에 놀라 완전히 정신을 차리고 신성력을 받아들이는 데 최선을 다했다.

하지만 신성력을 마나 저장소에 쌓을 수가 없었다.

'이거 왜 이러지?'

기존의 세 마나오션은 물론이고 순화시킨 양기를 저장하기 위해 새로 개발한 세 마나오션 역시 들어가기를 거부하는 것 같았다. 마치 혼탁한 에너지와는 섞이기 싫다는 듯 말이다.

하지만 가온은 꼭 그런 것만은 아님을 알고 있었다. 여섯 곳의 마나오션에는 마나와 순화된 양기가 압축된 상태로 가득 차 있어서 소량이라면 모르지만 지금의 그릇으로는 막대한 양의 신성력을 담을 수가 없었다.

더 이상 안 들어왔으면 좋겠는데 신성력은 해일과 같은 기세로 계속 유입이 되었다. 처음에는 안개처럼 몸 안에 퍼졌던 것이 이젠 몸 안 구석구석까지 채워지고 있었다.

그래도 걱정은 하지 않았다. 자신도 보유하고 있는 신성력이 자신을 해치지 않을 거라고 믿었던 것이다.

하지만 믿음은 이내 당혹감으로 바뀌었다. 시간이 갈수록 신성력의 유입량은 많아져서 이젠 몸이 금방이라도 폭발할 것 같은 긴박감까지 느껴졌다. 장기와 같은 기관들은 물론이고 근육과 관절 그리로 혈관과 마나로드까지 파열될 것 같았다.

'떨어져야 해!'

이 상태로는 계속 신성력이 들어올 테니 몸을 떼어내야만 했다.

가온은 어떻게든 몸을 움직이려고 했지만 소용이 없었다. 삽입하는 순간 그녀의 몸이 단단하게 달라붙었을 뿐 아니라 일단 몸에 전혀 힘이 들어가지 않았다.

감각도 이상했다. 어느 순간부터는 레비야의 기도도 들리지 않았고 그녀의 체향 또한 전혀 맡을 수 없었다. 기도를 하며 목덜미를 간질이던 따듯한 입김의 감촉도 느껴지지 않았다.

'설마 신성력 때문에 신경 체계가 이상이 생긴 건가?'

그런 의심은 확신이 되었다. 아무리 뇌에서 명령을 내려도 손가락 하나 까닥할 수가 없었던 것이다.

마나를 움직여 보려고 했지만 그 역시 꼼짝도 하지 않았다. 아니, 의지에 따라 움직이려고 했지만 마나오션을 단단히 감싸고 있는 농밀한 신성력이 두려운지 그의 의지를 거부했다.

특정한 장소에 머무를 수 없게 된 신성력은 전신에 퍼진 상태로 농축되기 시작했다. 그리고 그 부작용으로 신경 체계가 전혀 반응하지 않게 되어 버렸다.

신성력이 그의 몸을 완전히 장악해 버린 상태에서 빠르게 밀도가 증가하고 있었다.

의식은 명료한데 몸을 전혀 움직일 수 없는, 마치 식물인간이 된 것 같은 무력함에 가온은 두려워졌다.

죽음에 이르는 심각한 위험을 감지한 가온은 얼굴을 그의 목덜미에 묻은 채 여전히 낮은 소리로 기도문을 암송하고 있을 것이 분명한 레비야에게 전력을 다해 소리쳤다.

"그만! 더 이상은 버틸 수가 없어. 레비야, 그만해!"

소리는 자신의 귀에도 희미했지만 그래도 레비야라면 충분히 들을 수 있을 것 같은데 그녀는 아무 대답도 하지 않고 오히려 더 강한 힘으로 그를 옭아맸다.

그 와중에도 그녀는 자극을 받고 있는지 아니면 지금의 자세가 불편한지 조금씩 허리를 움직였는데 그 행동만으로도 꼼짝도 하지 못하는 가온에게 강한 성적 쾌감을 주고 있어서 정신이 크게 분산되었다.

'이러다가 몸이 터지겠어!'

아무리 몸에 좋은 기운이라고 하더라도 받아들일 수 있는 한계를 한참이나 넘어섰다. 당장 혈관과 마나로드가 터질 것 같이 부풀어 오른 것을 느낄 수 있었다.

'어떻게 해야 하지? 몸에 힘이 전혀 들어가지 않는, 아!'

생각해 보니 몸에서 유일하게 감각을 느낄 수 있는 곳이 있었다. 레비야의 은밀한 곳에 삽입되어 있으며 의지가 흐트러질 정도의 쾌감을 느끼고 있는 물건이 바로 그것이었다.

'그런데 쾌감은 어떻게 느낄 수 있는 거지?'

문득 그런 생각이 들었다. 쾌감은 결국 뇌가 느끼는 것이니 성기와 뇌로 이어지는 신경 체계는 제대로 유지되는 것이리라.

그렇다면 의지가 성기에는 전해질 수 있다는 의미다.

문제는 성기는 심장처럼 불수의근에 속하기 때문에 의지로 움직일 수 없다는 사실이다.

'생각, 생각을 해야 해!'

벼리에게도 물어봤지만 마땅한 방법이 없는지 다급함은 느껴졌지만 대답이 없었다.

그러는 중에도 시간은 흘러가고 가온은 정신을 집중해서 손이라도 움직여 보려고 했지만 신경망 역시 신성력에 잠식되어 거의 반응을 하지 않았고 무엇보다 삽입된 부위에서 느껴지는 쾌감 때문에 자꾸 집중력이 흐트러졌다.

자신이 이렇게 의지가 약했나 싶을 정도로 집중이 되질 않았다.

　맹렬히 머리를 굴리던 가온은 몸에서 유일하게 감각이 살아 있는 부위를 어떻게든 활용해야 한다는 결론을 얻었다.

　'거기는 괄약근과 관계가 있기는 하지만 마음대로 움직일 수 없는데.'

　괄약근 자체를 움직일 수 없는 상황이니 물건을 이용하는 것도 불가능하다.

　그때 벼리가 조심스럽게 의념을 전해 왔다.

　─오빠, 상대가 기도문을 외우며 정신을 집중하고 있는 상태니까 어떻게든 그 상태를 깨뜨려야 해요.

　'집중을 깨뜨려라.'

　일리가 있는 말이다. 자신이 지금 이런 상황을 벗어나지 못하는 이유는 이런 와중에도 말로 표현하기 힘든 쾌감 때문에 집중하지 못하기 때문이다.

　'하지만 어떤 방법으로 레비야의 집중을 깨지?'

　─갓상점에 한번 접속해 보면 어떨까요?

　'갓상점?'

　─네. 오빠의 그, 그것을 의지대로 움직일 수 있다면 상대의 집중을 깨뜨릴 수 있을 것 같아요.

　기존의 신경 체계가 무너진 상태라 자신의 육체 일부가 아니라 독립된 물체로 여겨지는 성기를 움직이게 하려면 특별한 힘이나 스킬이 필요했다.

'이! 염력!'

―염력이라면 가능해요!!

가온과 벼리는 거의 동시에 염력을 떠올렸다. 염력이라면 자신을 포함한 모든 대상으로 의지대로 움직일 수 있었다.

도서관 유적 던전에서 뇌전신공과 함께 가지고 나온 염력론을 통해서 이론은 이미 잘 알고 있다.

'그때는 지력과 집중력 스텟이 150을 넘겨야 한다는 조건을 충족하지 못해서 제대로 익히지 못했었지.'

지금은 150 정도가 아니라 지력은 700이 넘고 집중력도 600이 넘는 상태다.

'벼리야, 염력에 대한 이론을 정리해서 짧게 요점만 전해 줘.'

―네, 오빠.

바로 전해지는 염력론의 내용을 머리에 새긴 가온은 바로 염력을 발동했다.

염력은 정신을 대상에 집중시켜 의지력을 발휘하는 것이 요체다. 의지력은 뇌력이라고도 할 수 있지만 체력이 바탕이 되어야만 하기에 뇌파를 이용하는 뇌력과는 달랐다.

염력을 수련하는 방법은 호흡을 통해 집중력을 높이는 것과 무수한 반복 훈련밖에 없다.

이미 집중력이 600이 넘는 가온에게 남은 건 반복 훈련밖에 없는데 끈기는 자신이 있었다.

가온은 의식을 자신의 물건에 집중했다. 심안 스킬을 자주 사용했기에 자신의 몸 내외부에 집중하는 것은 그리 어렵지 않다.

그렇게 대상에 집중한 상태로 가온은 물건이 움직이는 이미지를 선명하게 떠올리며 간절하게 의지를 세웠다. 이대로라면 신성력 때문에 죽을 판이라서 필사적이었다.

꺼덕!

마침내 물건이 인사를 하듯 크게 움직였다.

일단 물꼬가 터지자 염력을 발동하는 것은 어렵지 않았다. 녀석의 움직임이 점점 더 활발해지고 빨라졌다.

부르르.

처음으로 레비야의 몸이 반응을 보였다. 이제까지는 자신만 움직일 수 있었는데 갑자기 상대의 그것이 꿈틀거림을 넘어서 마구 움직이기 시작한 것이다.

당연히 기도문을 암송하던 레비야의 몰입 상태가 깨지고 말았다. 그 원인이 첫 관계로 인한 고통이든 아니면 쾌감이든 말이다.

'효과가 있어.'

가온은 신성력의 유입량이 순간 큰 폭으로 감소했음을 인지하고 더욱 강하게 염력을 발휘해서 이번에는 허리를 움직여 더욱 강하고 빠르게 레비야를 공략했다.

레비야의 몸은 시간이 갈수록 더욱 큰 반응을 보였고 주의력이 흔들리는지 신성력의 유입은 간헐적으로 이어졌다 끊어지길 반복했다.

그제야 그녀의 입과 코가 닿은 부위부터 감각이 돌아오기 시작했다.

가온은 염력을 한층 더 강하게 발휘해서 레비야를 공격했다.

"하악! 학! 하아아."

어느새 잃었던 청각도 돌아왔는지 레비야의 달뜬 신음을 들을 수 있었다. 다행하게도 고통을 의미하는 신음은 분명히 아니었다.

'의도한 건 아니겠지만 하마터면 날 죽일 뻔했으니 혼내주지!'

염력을 마음먹은 대로 사용하는 수준이 되자 레비야의 반응이 완전히 달라졌다. 적극적으로 그의 사랑 행위에 화답하기 시작한 것이다.

그러자 신성력의 유입이 완전히 멈추었다. 여전히 터질 것 같은 상태지만 그래도 위기에서 벗어난 것이다.

비로소 안심한 가온이지만 하고 있는 행위를 멈출 수는 없었다. 말로 형언하기 힘든 쾌감이 해일처럼 밀려온 것이다.

레비야도 행위를 통해 강한 쾌감을 느끼기 시작했는지 그의 움직임에 적극적으로 반응하며 비음과 교성을 토하기 시작했다.

이제 투하란을 통해 알게 되었고 아레오를 통해 갈고닦은 기술을 완벽하게 발휘할 차례다.

가온이 얼마나 괴롭혔는지 레비야가 기절했다. 고르게 숨을 쉬고는 있었지만 아무리 흔들어도 미동도 하지 않았다.

레비야가 살아 있다는 사실을 확인한 가온은 촛불을 밝힐 생각도 하지 못하고 침대 아래로 내려가서 좌정을 하고 앉았다. 빨리 몸 안을 가득 채운 신성력을 해결해야만 했다.

일단 몸 밖으로 방출하는 것부터 시도했다.

'역시 안 되네.'

신성력은 이질적인 에너지임에도 불구하고 어느새 원래 자신이 가지고 있었던 것처럼 순화된 상태였다. 연공도 없이 자신의 것이 되었다는 이야기다.

하지만 이렇게 놔둘 수는 없었다. 당장 지금만 해도 밀도가 한계까지 높아진 신성력으로 인해 장기와 기관들은 물론이고 혈관과 마나로드까지 터질 것 같았다.

'또 다른 마나 저장소를 찾아야 해!'

그래서 벼리와 파넬에게 도움을 청했다.

얼마 후 파넬로부터 의념이 전해졌다.

─주인, 고대의 명상서에서 발견한 내용인데 인체에서 에너지를 저장할 수 있는 장소는 총 여덟 곳이라고 했습니다.

'어디입니까?'

─정수리, 이마 혹은 미간, 목, 명치, 심장, 아랫배, 성기, 성기와 항문 사이로 나와 있습니다.

자신의 경우 총 일곱 곳의 마나 저장소를 개발했다. 아닌 곳은 바로 정수리였다.

'정수리는 뇌가 있어서 위험할 텐데.'

─그래서 주로 인체에 해가 별로 없는 자연력과 같은 근원적인 에너지를 저장한다고 나와 있었습니다.

'큰 도움이 되었습니다.'

자신의 경우 단기간에 몸이 감당할 수 없는 엄청난 양이 들어와서 그렇지 신성력은 본디 몸을 해치는 성질을 가지고 있지 않다. 반대로 몸에 활력을 주고 몸의 각종 이상 상태를 회복시키는 힘이 있었다.

그렇다면 시도해 볼 만했다.

가온은 심안 스킬을 발동해서 정수리에 해당하는 부위를 자세하게 관찰했는데, 미세하게나마 열려 있어서 몸 안의 마나와 바깥의 마나가 호흡을 하듯 들락거리는 곳을 발견했다.

'여기야!'

가온은 이제까지의 경험을 통해 강한 의지로 신성력의 일부를 끌어와서 핵을 만들고 회전을 시키기 시작했다.

고오오오.

'된다!'

파넬의 말대로 정수리 역시 에너지 저장소였다. 신성력이 회오리치듯 그곳으로 빨려와서 고속으로 회전을 하면서 쌓이기 시작했다.

얼마나 시간이 흘렀을까.

이미 세포 단위에 녹아든 신성력을 제외한 나머지를 모두 정수리 부위의 마나오션에 축적했다는 사실을 확인하고 눈을 뜬 가온은 빛 하나 없는 지하의 암실임에도 불구하고 아까 촛불이 있을 때보다 훨씬 더 실내를 볼 수 있다는 사실을 깨달았다.

심안은 분명히 아니다. 심안은 이런 식으로 눈을 통해 사물을 보는 것이 아니라 뇌파를 방출해서 돌아오는 파동을 통해 사물을 인식하는 방식이다.

'신성력 때문일까?'

그건 알 수 없지만 굳이 심안 스킬을 발동하지 않아도 대낮처럼 암흑 속의 사물을 볼 수 있게 되었다.

그렇다고 실내가 그사이에 바뀐 것은 아니지만 주위를 둘러보던 가온의 눈이 화등잔처럼 커졌다.

'레비야가 아니잖아!'

땀에 전 모습으로 가온에게 등을 보이며 누워 있는 여자는 그가 생각했던 레비야가 아니었다. 비슷한 체형이기는 하지만 머리카락이 훨씬 더 길었고 좀 더 날씬하며 굴곡이 뚜렷한 몸매였다.

그러고 보니 처음 안았을 때 맡았던 체향도 레비야의 그것 과는 확실히 달랐다.

'내가 대체 어떤 여자와 관계를 가진 거야?'

얼굴을 확인한 가온의 눈이 다시 커졌다.

'성녀! 성녀가 대체 왜?'

경악스럽게도 그와 관계를 맺은 여자는 레비야가 아니라 성녀였다. 보석처럼 푸른 눈과 눈부신 금발이 아주 인상적인.

은은한 신성력을 휘장처럼 두르고 있었던 모습이 아니었 다. 격렬한 움직임으로 인해 땀에 흠뻑 젖은 얼굴과 보기 좋 게 달아오른 뺨에 붙은 머리카락이 왠지 고혹적으로 보여서 눈을 사로잡았다.

뭔가 사기를 당한 것 같았지만 생각해 보면 큰일도 아니었 다. 자신과 레비야가 사랑하는 사이도 아니고 우트신의 힘을 전해 받는 의식일 뿐이다.

'그런데 왜 이렇게 어려진 거지?'

분명히 성녀는 맞는데 얼굴이 이전에 봤을 때보다 최소한 10년은 더 어려져서 20대로 보였다.

조금 있었던 잔주름이 모두 사라지고 피부가 팽팽해졌으 며 탄력이 느껴졌다. 안 그래도 새하얀 피부였는데 지금은 투명하게 보일 정도였다.

확실히 충격적이기는 했지만 지금 당장 해야 할 일이 있었 다.

'가만! 몸 상태부터 확인해 보자!'

신성력을 모두 갈무리한 후 정신을 차렸을 때 몸 상태가 그 어느 때보다 가볍고 힘과 활력이 넘친다는 느낌이 있었는데 성녀 때문에 놀라서 확인해 보는 것을 놓쳤다.

"우우웃!"

상태창을 확인한 가온이 주먹을 불끈 쥐며 낮게 탄성을 질렀다.

안 그래도 급증했던 신성력은 대략 5배 정도가 증가해서 55만을 넘겼고 다른 에너지들도 적게는 2할에서 많게는 7할 정도 증가했다.

일반 스텟들도 대략 2할 정도 증가했지만 체력과 집중력의 경우 두 배가 넘게 높아졌다.

이번에는 염력 스킬을 확인했다.

'A급이었어.'

오늘 처음 익힌 것이지만 목숨이 백척간두에 놓였던 상황에서 필사적인 각오로 펼쳐서 그런지 단번에 3레벨이 되었다.

'염력이 아니었다면 어떻게 되었을까?'

생각만 해도 끔찍했다. 비록 신성력이 몸을 해하는 기운은 아니었지만 자신이라는 그릇이 담을 수 없는 양이었기에 너무 위험했다.

그렇게 스킬창까지 확인하고 나니 성녀의 몸이 꿈틀거렸

다.

가온은 이제 성녀에게 사정을 들어 볼 생각으로 초에 불을
켰다.

"그저 본 의식을 치르기 전에 제가 가진 힘만 현신자에게
전해 주고 나올 생각이었어요. 죄송해요. 정말 큰 실수를 했
어요!"

정신을 차린 성녀는 자신이 잘못한 것은 아는지 알몸 차림
으로 무릎을 꿇고 사죄했다.

분명히 자신에게 사과를 하는 것이지만 가온의 눈에 비친
성녀의 모습은 너무나 고혹적이어서 몸이 즉각 반응했다.

'성녀가 되지 않았다면 수많은 남자의 구애를 받았겠네.'

성녀는 그만큼 매력적인 여인이었다.

차마 그녀를 쳐다볼 수 없었던 가온은 아공간에서 자신의
외투형 방어구를 꺼내 주었다.

"후유! 일단 이거라도 걸쳐요."

성녀가 그제야 자신이 알몸이라는 사실을 깨닫고 얼굴을
붉혔다.

"제게 주려고 했던 성녀의 힘이 대체 뭡니까?"

뭔데 은밀하게 전해 주려고 했던 것일까?

"저는 어릴 때부터 오랫동안 우트님의 힘과 말씀을 전해
받고 기도를 올리고 말씀을 전하는 과정에서 순화된 신성력

을 가지게 되었어요. 제 신성력으로 현신자의 그릇을 단단하게 만드는 한편 크게 넓혀 주고 싶었어요. 화신자를 통해 전해지는 우트님의 힘은 비신자의 몸으로 받아들이기에 굉장히 난폭한 속성이 있거든요."

확실히 그런 경향이 없지는 않았지만 이해가 안 가는 부분도 있었다.

"신성력이 말입니까?"

"우트님의 축복에 참혹한 모습으로 죽는 사람들이 많았어요. 저희 생사의 신전 사제들처럼 오랜 시간 동안 신성력을 받아들이는 과정을 거치지 않으면 준비되지 않은 몸에 큰 해가 될 수도 있다는 거지요.. 특히 현신자는 화신자와의 관, 관계를 통해서 한순간에 막대한 신성력을 받아들이기 때문에 더 위험하고요."

확실히 위험하기는 했다. 가온도 신성력이 폭발해서 죽을 것 같다는 긴박감을 강하게 느낄 정도로.

"그럼 지금 성녀와 제가 관계를 맺은 것도 의식의 일부입니까?"

"미리 말씀을 드리지 못했지만 의식의 일부이며 가장 중요한 절차 중 하나예요. 제가 가진 신성력으로 현신자의 몸을 말끔하게 정화를 시키는 의식이에요. 화신자는 알지 못하지만요."

그렇다면 사기를 치거나 자신과 은밀히 관계를 가지고 싶어서 한 일은 아니라는 얘기다.

'하긴 성녀가 그럴 일은 없겠지.'

가온은 성녀에게 품었던 원망의 감정을 비로소 털어 낼 수 있었다. 어쨌거나 성녀로 인해서 레벨업으로는 도저히 기대할 수 없었던 기연을 얻지 않았던가. 정체되었던 능력이 비약적으로 높아진 것이다.

어떻게 생각하면 성녀에게 고마워해야만 했다. 그녀가 비약적인 성장의 원동력이나 다름없었다.

다음 권으로 이어집니다

꿈의 도약, 로크에서 하십시오
(주)로크미디어에서 신인 작가를 모십니다

즐거운 세상, (주)로크미디어는 꿈을 사랑하고 도전을 두려워하지 않는 작가분들의 참신한 작품을 기다리고 있습니다. 21세기 장르 문학계를 이끌어 갈 차세대 선두 주자 (주)로크미디어에서 여러분의 나래를 활짝 펴 보시길 바랍니다.

모집 분야 판타지와 무협을 포함한 장르 문학
모집 대상 아마추어 작가, 인터넷 작가
모집 기한 수시 모집

작품 접수 시 유의 사항

1. 파일명은 작가명_작품명.hwp 형식을 갖춰 주십시오.
1. 파일에 들어갈 내용은 다음과 같습니다.
   - 성명(필명인 경우 실명을 밝혀 주세요), 연락처, 이메일 주소.
   - 제목, 기획 의도.
   - A4용지 1장 분량의 등장인물 소개.
   - A4용지 2장 분량의 전체 줄거리.
   - 본문.
1. 작품이 인터넷에 연재되고 있다면, 게시판명과 사이트의 구체적이고 정확한 주소를 기재해 주십시오.

선택된 작품은 정식 계약 후 출판물로 간행되어 전국 서점에 유통됩니다.
작가분은 (주)로크미디어의 전폭적인 지원하에 전속 작가로 활동하시게 됩니다.
※ 자세한 내용은 로크미디어 홈페이지(rokmedia.com)를 참조하세요.

(03920)서울시 마포구 성암로 330 DMC첨단산업센터 3층 318호
(주)로크미디어 편집부 신간 기획 담당자 앞
전화 : 02)3273-5135
www.rokmedia.com   이메일 : rokmedia@empas.com

만렙닥터

13월생 현대 판타지 장편소설

리턴즈

인생 2회 차 경력직 신입
칼솜씨도, 인성도 '만렙'인 의사가 돌아왔다!

만성 인력난에 시달리는 흉부외과에 들어온 인턴
메스도 잡아 본 적 없는 주제에
죽을 생명을 여럿 살려 내기 시작한다?

"이 새끼, 꼴통 맞네."
"죄송합니다."
"잘했어!"
"네?"

출세만을 좇으며 살았던 전생
이렇게 된 이상 인생도 재수술 한번 가자!

무대뽀(?) 정신으로 무장한 회귀 의사
이제부터 모든 상황은 내가 집도한다!

南魔宮帝 남궁마제

문운도 신무협 장편소설

회귀한 뇌왕, 가족을 지키기 위해
정파의 중심에서 제대로 흑화하다!

세상을 뒤집으려는 귀천성에 맞서 싸우다
가족을 모두 잃고 제물로 바쳐진 뇌왕 남궁진화
마지막 순간 원수의 뒤통수를 치고 죽으려 했으나
제물을 바치는 진법이 뒤틀리며 과거로 회귀하다!?

남궁세가의 양자가 된 어린 시절로 돌아온 후
귀천성이 노리는 자신의 체질을 연구하다 기연을 얻고
회귀 전과 다른 엄청난 미모와 함께
뇌전의 비밀마저 알아내 경지를 뛰어넘는데……

가족들에게는 꽃처럼 사랑스러운 막내지만
적이라면 일단 패고 보는 패악질의 끝판왕!
귀천성 때려잡기에 나서다!